14歳の
WORLDLY WISDOM FOR 14 YEARS OLD
世渡り術

24のひらめき!と僕らの季節

田丸雅智

河出書房新社

この本には24の「ひらめき」から生まれた物語＝「ショートショート」を収録しています。

ショートショートとは、簡単にいうと「短くて不思議な物語」のこと。もっというと、「アイデアがあり、それを活《い》かした印象的な結末のある物語」のことです。1話5分や10分で読めてしまうにもかかわらず、あっと驚《おどろ》いたり、クスッとしたり、ほろりとしたり。いろいろな味わいを楽しめるのが、ショートショートの大きな魅力《みりょく》のひとつです。

この本のテーマは、二十四節気《にじゅうしせっき》。季節にまつわる24のひらめきを、ご堪能《たんのう》ください！

もくじ

春
SPRING

夏

SUMMER

秋

AUTUMN

冬

WINTER

春
SPRING

立春

春告人

明日からしばらく、お客さんが滞在《たいざい》するから。

母親にそう言われた次の日、強風が吹《ふ》き荒《あ》れるなか学校から帰ってくると、玄関《げんかん》先で「ホーホケキョ」という声が聞こえた。

ウグイスだ、とテンションがあがりつつ、私は同時に首をかしげた。鳴き声は家の中から聞こえたような気がしたからだ。

そんな中、リビングに入っていくと、母親のほかに私より少し年上に見えるショートヘアの女の人がソファーに腰《こし》かけていた。

そういえば、今日からだれか来るって言ってたな……。

昨日、母親から言われたことを思いだしたその直後、私は「えっ!?」と目を疑った。そ

の女の人の肩《かた》にウグイスがちょこんとのっかっていて、「ホーホケキョ」と鳴いたからだ。

固まる私に、母親が言った。

「あっ、帰ってきた。ハルカさん、うちの娘《むすめ》です。美菜《みな》、こちらがハルカさんだよ」

そのハルカさんと呼ばれた人は、微笑《ほほえ》みながらぺこりと頭を下げた。

「はじめまして。少しのあいだ、お世話になります」

穏《おだ》やかそうな人だなぁと思いながらあいさつをして、私もソファーに腰かける。

「ハルカさんはね、〝春告人〟なの。美菜は初めて会うよね」

母親からいきなり言われ、私はポカンとしてしまう。

「はるつげびと……？」

「そう、春一番に乗ってやってくる、ね」

そして、母親はこんなことを口にした。春を告げる鳥であるウグイスは春告鳥《はるつげどり》といわれているけれど、ハルカさんは春を告げる人で春告人といわれる存在なのだ、と。そのハルカさんは今年、この地域でのお勤めを果たすあいだ、うちに滞在することになったという。とても名誉《めいよ》なことであり、ハルカさんに失礼のないように、と母親は言った。

話を聞いても、正直なところ私は「ふーん」としか思わなかった。肩のウグイスのことといい、ハルカさんはたしかに不思議な雰囲気《ふんいき》をまとっていた。でも、春を告げる人というのは、ぜんぜんピンと来なかった。

「あのさ、美菜、あんまり分かってないでしょ?」

ギクッとしながら「いや、まあ……」と返事をすると、母親は言った。

「ハルカさん、よかったら美菜に見せてやってくださいませんか?」

ハルカさんは笑みを浮《う》かべてうなずいた。

「かまいませんよ。では、お庭にでも行きましょう」

何をするつもりなんだろう……。

そう思いながら、私はハルカさんにつづいてリビングのテラス窓からサンダルを履《は》いて外に出た。

庭には母親の植えたパンジーやノースポールなどのプランターが並ぶなか、ハルカさんは何もないところで足を止めた。

「じゃあ、はじめますね」

その直後のことだった。ハルカさんは片手を口に当てると、地面に向かって呼びかけた。

「おーい」

瞬間《しゅんかん》、びゅうっと暖かい風が吹《ふ》き抜《ぬ》けて、私の髪《かみ》をなびかせた。と同時に、目の前でおどろくべきことが起こった。黄緑色のものが地面をボコッと突《つ》き破《やぶ》り、いきなり顔を出したのだ。

これって、フキノトウ……!?

呆然《ぼうぜん》としているうちにも、あちらこちらで、ボコッ、ボコッとフキノトウが顔を出す。あまりの勢いに土は弾《はじ》き飛《と》ばされて、宙を舞《ま》ってあたりに散らばる。

やがて何も生えてこなくなったところで、ハルカさんは微笑んだ。

「こんな感じです」

フキノトウがうちの庭に生えることは知っていた。けれど、ふつうはこんなふうに生えるはずがなく、前のめりで私は尋《たず》ねた。

「今のって、ハルカさんがされたんですよね!?　どうやって……!?」

「内に蓄《たくわ》えられていたものに、ほんの少し働きかけをしただけですよ。それはさておき、せっかくなので少し天ぷらにしていただきませんか？」

その提案に、私の心は一気に弾《はず》む。

二人でフキノトウを収穫《しゅうかく》するとキッチンへと移動して、さっそく揚《あ》げた。熱々のそれを口に運ぶと、さくっとした食感のあとでクセのある独特の香りとほろ苦さが広がって、私は叫《さけ》んだ。

「おいしい！」

「ふふ、よかったです」

ハルカさんは微笑んだ。

その日から、ハルカさんとの日々がはじまった。

ハルカさんは朝から夕方までこの地域を回ってお勤めを果たしているらしいなか、私も放課後や休みの日に同行させてもらった。

あるときは、近くにある自然豊かな庭園を訪《おとず》れた。そこには梅の木がたくさん植えられていて、多くはすでに美しい花を咲《さ》かせていた。でも、中にはつぼみのままのものもあり、ハルカさんはそんな木を見つけると近くに行って呼びかけた。

「おーい」

瞬間、びゅぅっと暖かい風が吹き、梅の木を包む。ポンッ、ポンッ、ポンッとつぼみが開き、白や紅の花が咲く。メジロがパッと飛んできて、花の蜜《みつ》をおいしそうに吸いはじめる。私は驚嘆《きょうたん》しつつ、梅に見とれる――。

またあるときは、雪が残る郊外《こうがい》の山へと出かけて行った。たどりついたのは氷の張った湖で、ハルカさんはそちらに向かって呼びかけた。

「おーい」

風が吹き、湖の上を渡《わた》っていく。寒さが和《やわ》らぎ、氷はみるみるうちに解《と》けていく。

そのとき、湖で何かが跳《は》ねた。

「魚だっ！」

大きな魚も小さな魚も、蓄えたものを存分に解放するように、力強いジャンプを繰《く》り返《かえ》す。その光景に、私も飛びあがりたくなってくる——。

そんな具合で、最初のほうは好奇心《こうきしん》を刺激《しげき》されて、ただただワクワクするばかりだった。

けれど、しばらくするとそれだけじゃなく、ハルカさんが来る前から自分の中でずっとくすぶっていた暗い感情も頭をもたげた。

それをどうにも抑《おさ》えられなくなってきていたとき、不意にハルカさんに尋ねられた。

「何か悩《なや》みでもおありですか？」

私はドキッとして、一瞬黙《だま》った。が、ぜんぶ見透《みす》かされているような気がして、口を開いた。

「いえ、その、私にはなんにもないなぁと……」

「と言いますと？」

「えっと……ハルカさんはすごすぎるとしても、友達《ともだち》も英語がしゃべれたり部活で結果を残してたり……それに比べて、私はなんの取柄《とりえ》もなくて平凡《へいぼん》だなって……」

そこまで言って、こんな話を聞かされても迷惑《めいわく》なだけだろうなと思い、私は急いで言葉を重ねた。

「すみません！　やっぱり今のは忘れてください！」

何かを言いかけていたハルカさんを置き、私は一人で先に進んだ。

ハルカさんは人なのか、人とは違《ちが》う存在なのか。年齢《ねんれい》は見た目通りなのか、そうじゃないのか。どこから来て、どこに行くのか……。

初めは気になっていたそういうことも、一緒《いっしょ》に過ごすうちにだんだんどうでもよくなってきた。

ハルカさんはハルカさんだ。それに、今を楽しむってことでいいじゃないか。

私はハルカさんと一緒に、サヤエンドウの卵とじを食べたり、炊《た》きたてのごはんに白魚をのせた丼《どんぶり》を食べたり。初めての渓流釣《けいりゅうづ》りに出かけたり。

でも、別れのときが迫《せま》っていることは、直感的に分かっていた。

そして、ある日の放課後、そのときはやってきた。

学校から帰ってくると、ハルカさんが言った。

「私の勤めは、ぶじに終わりました。短いあいだでしたけど、美菜さんと過ごせてよかったです」

母親にはすでに去ることを伝えたらしく、私の帰りを待っていてくれたようだった。

肩のウグイスも別れを告げるように鳴くなかで、私はさみしくなりながらも、しっかりとお礼を言った。そして、ハルカさんに促《うなが》されて庭に出た。

ハルカさんは、改めて「ありがとうございました」と頭を下げて、こうつづけた。

「それから最後に……あのときおっしゃっていた、ご自身には何もないということですが、美菜さんなら大丈夫《だいじょうぶ》ですから、あまり焦《あせ》らなくてもよいのではないでしょうか」

「えっ？」

突然《とつぜん》の言葉に戸惑《とまど》っていると、ハルカさんは言葉を重ねた。

「実際、美菜さんの中には蓄えられたものを強く感じます。ほら、こちらがその証拠《しょうこ》です」

そう言って、ハルカさんは地面に向かって「おーい」と声をかけた。

次の瞬間のことだった。私の足元で、勢いよくボコッ、ボコッ、ボコボコボコッとフキノトウのようなものが生えてきた。

「それはヒトノトウといって、エネルギーを秘《ひ》めた人の近くに生えるものなんです。ふつうは見えないわけですけれど。よければ、あとでぜひ食べてみてください。美菜さんらしさが感じられる味になっているはずですよ。では、またいつかの春に」

直後、びゅうっと暖かい風が吹いてきて、ハルカさんを取り巻いた。私は土ぼこりに目を閉じる。もういちど開いたときには、ハルカさんの姿は消えていた。

「……またいつかっ！」

私は言って、足元に生えたヒトノトウというものを摘《つ》んでいく。キッチンに行き、さっそく天ぷらにして食べてみる。

熱々のそれはおいしくも、フキノトウより香りも苦味もかなり強くて、私は思う。

これが自分らしい味って……平凡どころか、私、めっちゃクセ強いじゃん……！

なんだか笑えてきながらも、みなぎるものを内に感じる。
具体的なことは、まだひとつも浮かんでなかった。
それでも、自分の中に得体の知れない、けれど、ワクワクする兆《きざ》しをたしかに感じた。
「よし、やるぞーっ！」
衝動的《しょうどうてき》に両の拳《こぶし》を突きあげると、固い何かに勢いよくぶつかる感触《かんしょく》がある。
弾き飛ばされた土が、パラパラと宙を舞った。

◉立春　Risshun　2月4日－2月17日頃《ごろ》

暦《こよみ》の上では、この日から春となる。
寒さは厳しいけれど、陽《ひ》ざしが春めいてくる頃。

＊作品に登場する主な季節のもの＝春一番／ウグイス／フキノトウ／梅／メジロ／魚氷にあがる／サヤエンドウ／白魚／渓流釣り

雨水
霞のストール

友達《ともだち》の舞《まい》がドライブに誘《さそ》ってくれたのは、失恋《しつれん》した志保《しほ》を思ってくれてのことだった。

「ひどいことしたのは、あっちなんだからさ。いつまでもグズグズしてないで、いい加減ふっきらないと」

舞にはそう言われ、志保も頭ではよく分かっていた。でも、なかなか思いを断《た》ち切《き》れずにいたところ、舞が連れだしてくれたのだった。

ドライブの目的地は山奥《やまおく》にある展望台で、志保たちはそこを目指している途中《とちゅう》で草原がメラメラと燃えている光景に出くわした。山火事かと思って焦《あせ》っていると、舞は笑いながら「野焼きだよ」と教えてくれる。草原を維持《いじ》するために必要で、芽吹《めぶ》きを促《うなが》すことにもなるらしく、志保はへぇぇと感心した。と同時に、自嘲《じちょう》気味にこう思う。前に進めていないのは、自分だけだなぁ……。

やがてたどりついた展望台での景色は素晴《すば》らしかった。けれど、気持ちはやっぱり晴れなくて、志保はついつい元カレのことを考えてしまう。

困ったことになったのは、その帰り道でのことだった。

山道を下っていると、霞《かすみ》がかかりはじめて視界が悪くなってきたのだ。

どうしようと車をゆっくり走らせていたとき、不意に古民家風のオシャレなお店が霞のなかに現れた。

「あれ？　来るときに、こんなお店あったっけ……？」

二人で首をかしげながらも、とりあえず霞が晴れるまで居させてもらおうと車を止めた。

お店の周りには、銀白色のふわふわの花穂《かすい》を咲《さ》かせた木がたくさん植えられていた。それは猫柳《ねこやなぎ》で、花穂は本物の猫の尻尾《しっぽ》のようにふりふりとかわいらしく揺《ゆ》れていた。

そのあいだを抜《ぬ》けてお店に足を踏《ふ》み入《い》れると、店員さんがにこやかに「いらっしゃいませ」と迎《むか》えてくれた。どうやらアパレルショップ兼《けん》カフェらしく、並んだラックには服が掛《か》けられていて、奥には喫茶《きっさ》スペースがあった。

「やっぱり、こんなお店ぜったいなかったと思うんだけどなぁ……」

思わずつぶやいた志保に、店員さんは言った。

「おっしゃる通り、この場所に現れたのはつい先ほどです。当店は、霞の中だけに出店しておりますので」

何の冗談《じょうだん》だろうと思いながらも、志保は舞と一緒《いっしょ》にとりあえず服を見てみようとラックに近づいた。掛けられているものはどれも白っぽくて、同じ素材でできているのかなぁとぼんやり思う。

目を疑ったのは、ジャケットを手に取ろうとしたときだった。その全体に模様のようにあしらわれていた白い濃淡《のうたん》が、少しずつ変化しているように見えたのだ。

「なにこれ……！」

志保たちが言葉を失っていると、店員さんが微笑《ほほえ》んだ。

「うちの商品は、すべて霞を加工してつくっているんですよ」

「霞……？」

「ええ、ですから、時間の経過とともに見た目が変化するんです。霞ですので、長くはもたないことだけはご了承《りょうしょう》いただいておりますが」

舞は、その言葉をあまり真に受けていない感じだった。けれど、志保は納得《なっとく》させられていた。目の前の現象は、そうでもないと説明できないと感じたからだ。

「よろしければ、ぜひご試着も」

すすめられ、その場でそでを通してみる。霞というからにはひんやりしているのかと思ったけれど、意外にも暖かかった。

その感想を伝えると、店員さんは言った。

「なにしろ霞は、暖かい春のものですから」

さらにジャケットはあまりに軽く、志保は思う。

霞のアイテム、ほしいかも……！

そこから志保は、舞を置いて一人で並んだアイテムを見はじめた。トレンチコートにカーディガン、パーカーにハット……。

そして、迷いに迷った末に心を決めた。

「これをお願いします！」

差しだしたのはストールで、店員さんは微笑んだ。

「ありがとうございます。きっと、この春のよきパートナーとなってくれるはずですよ」

お会計をすませて併設《へいせつ》のカフェに入ってからも、舞は半信半疑といった様子だった。

「霞でできたストールねぇ。なんかうまく騙《だま》されたんじゃ……」

そんな舞が考えをあらためたのは、カフェのランチでハマグリのお吸い物や春キャベツのホイル焼きなどを食べ、お店から出たあとだった。

霞はすっかり晴れていて、よかったね、と二人で言い合っていたその直後、うしろを振《ふ》り返《かえ》った舞が声をあげた。

「ウソ!?　なくなってる……！」

お店があったはずのところには空地が広がっていて、猫柳だけがふりふりと揺れていた。

それからというもの、霞のストールは志保のお気に入りになった。刻々と形を変える白い濃淡は、飽《あ》きずにずっと見ていられた。夜はストールが月の光を吸いこんで、首元で朧月《おぼろづき》のようにぼんやり光った。自然とたなびき、心は安らぎ落ち着いた。

志保はストールをあたりにかざし、それ越《ご》しに周囲を眺《なが》めるのも好きだった。景色にうっすらと霞がかかり、淡《あわ》くて幻想的《げんそうてき》な感じになるのだ。

キラキラと光る川面《かわも》に、菜の花畑。通勤ラッシュの駅のホームに、夜の歓楽街《かんらくがい》。それらに霞がかかると趣《おもむき》が加わると同時に、強いものやトガっているものはなんだか優《やさ》しくなるような感じもして、こう思う。

霞って、世界を柔《やわ》らかくするんだな……。

大きな変化は、もうひとつあった。霞の影響《えいきょう》なのかどうなのか、あれほど頭から離《はな》れなかった元カレのことが少しずつぼんやりしてきて、頭に浮《う》かんでくることもなくなった。一度、向こうから会わないかというメッセージが届いたけれど心がかたむくことはなく、平常心でアカウントをブロックした。

一方、時間がたつにつれて、ストールは少しずつ短くなっていった。店員さんから「長くはもたない」と聞いてはいたけれど、失われていくことへのさみしさはあった。

そんなある日のことだった。

夕暮れどきに出先から帰ってくると、マンションの前で男の人に呼び止められた。

「久しぶり。志保に会いたくなってさ。ってか、なんで連絡《れんらく》無視すんの？」

志保は困惑《こんわく》してしまう。相手は自分のことを知っているようだけれど、この人はいったいだれなんだ、と。

黙《だま》ったままの志保に対して、相手はなおも話をつづけた。それによると、目の前の人はこのあいだまで志保と付き合っていた元カレだという。さらには、よりを戻《もど》さないかと迫《せま》ってきた。

が、志保にはまったく心当たりがなく、恐怖《きょうふ》にかられて声をあげた。

「だれなんですか!?　やめてください！」

ひるんだ相手の表情は、霞がかかっていてまったく見えない。

「あなたなんて知りません！　私に関わらないでください！」

そう告げると、相手は逃《に》げるように去っていった。

よかった……。

安堵《あんど》した一方で、「あれっ？」と思った。反射的に触《さわ》ったストールが一気に短くなっていて、端切《はぎ》れのようになっていた。

志保は自然と理解する。ストールは最後の力でさっきの人から守ってくれたんだ、と。

「いろいろ、ほんとにありがとねっ」

そう声をかけた直後、ストールの残りは風に吹かれてふわりと浮かび、志保の視界をつかのま覆《おお》った。

夕陽《ゆうひ》のまばゆいオレンジ色がとたんにかすみ、世界がまた柔らかくなった。

◉雨水

Usui　2月18日－3月4日頃《ごろ》

雪から雨へと変わり、降り積もった雪もとけだす頃。

＊作品に登場する主な季節のもの＝野焼き／霞／猫柳／ハマグリ／春キャベツ

啓蟄

コトノハチョウ

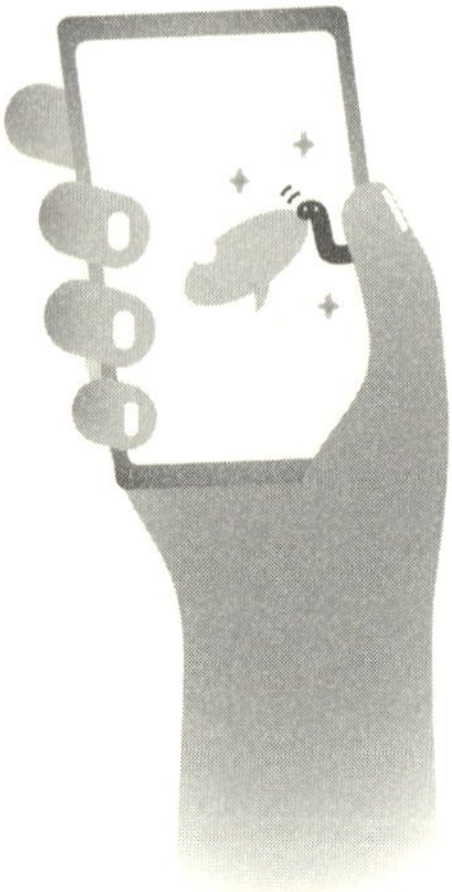

雨のせいでどこにも行けず、おれは放課後にクラスメイトの斉藤《さいとう》と一緒《いっしょ》に自分の部屋でぐだぐだしていた。

「いやー、どうやったらおれらもイケてるグループに入れんのかなー」

そんなことを言いながら、流れてきたネタ動画を見て二人でゲラゲラ笑ったあとのことだった。ふと、斉藤がおれのスマホの画面を指さして口を開いた。

「ってかさ、これどうしたの？」

画面のすみには白っぽい粒《つぶ》のようなものがあり、おれは答える。

「それな。なんか、気づいたらできてたんだよ。壊《こわ》れてんのかなー」

「ふーん、ちょっと調べてみる」

そう言って、斉藤は自分のスマホをいじりはじめた。最初のほうは「修理に出すしかないかもねー」とぶつぶつ言っていた。が、そのうち「えっ？」と声をあげた。

「ねぇ、こんなのがあったんだけど……」

今度はおれが斉藤のスマホの画面をのぞきこむ。

そこには、だれかが投稿《とうこう》した白い粒についての質問があり、別のだれかがコメントしていた。

それによると、白い粒は希少な「コトノハチョウ」の卵ではないかということだった。ふつうのチョウの青虫はキャベツなどの葉を食べる一方、そのコトノハチョウの青虫は書かれたコトノハ、つまり「言葉」という「葉」を食べて育つことからそんな名前がついたらしい。

コトノハチョウは、もともとは本に卵を産むのが通常だった。が、最近はデジタル上にしげった言葉に引きつけられて、電子機器の画面などに卵を産むこともあるという。年に何度か産卵するなか、秋ごろに産みつけられた卵は越冬《えっとう》して春に孵化《ふか》し、青虫となって言葉を食べて成長する。その間は外から触《ふ》れることはできず、羽化によって初めて紙面や画面から飛びだしてくるということだった。

一連の投稿を読み、おれは「そういえば」と思いだす。白い粒は、たしかＷＥＢ小説にはまりはじめた去年の秋くらいからあったんだったな、と。

そのとき、外でゴロゴロと雷《かみなり》が鳴った。

瞬間《しゅんかん》、まさにその雷のような閃光《せんこう》が頭の中で炸裂《さくれつ》した。

「斉藤！　思いついたぞ！」

ポカンとする斉藤に向かって、おれはつづける。

「希少ってことはだぞ、これを孵化させたらヤバいってことじゃねーか！　取材とかが殺《さっ》到《とう》しちゃって、みんなからもチヤホヤされて……おれらも確実に、イケてるグループの仲間入りじゃん！」

斉藤とは日頃から、クラスで目立っている、いい感じの男女グループに入る方法を模索《もさく》していた。折に触れては彼《かれ》らとお近づきになろうとするもうまくいかず、もどかしい思いを抱《かか》えていた。

斉藤も作戦に興奮するなか、おれは言った。

「この機会にこいつと育って、一緒にチョウになってやろうじゃん！」

おれたちは、にんまりと笑《え》みを浮《う》かべた。


まずは卵を孵化させるべく、斉藤と一緒に動きはじめた。

入手した情報によると、越冬した卵には春のものを触れさせると孵化を促《うなが》せるらしく、おれは斉藤と一緒に何かないかと探し歩いた。そして、桃《もも》の花が咲《さ》いているのを発見すると、声をあげた。

「絶対これっしょ！」

二人でいろんな角度から写真を撮《と》って、おれは一番よさげなものを待ち受けにした。

それが功を奏したのだろう、翌朝に確認すると白い粒は消えていて、代わりに数ミリほどの一匹《いっぴき》の青虫が画面の中で動いていた。

青虫はさっそく表示されたアプリの名前などをかじるなか、おれは登校してすぐその様子を斉藤に見せた。

「すごっ！」

教室で叫《さけ》ぶ斉藤を「静かにしないと、ほかのやつにバレるじゃんよ！」と注意しつつ、改めて二人でこそこそとスマホの画面をのぞきこむ。

「つーわけで、こっからがいよいよ本番よ」

「だね、どんな言葉を与《あた》えるか……」

コトノハチョウの成虫の見た目は、どうやら青虫のときに食べた言葉によって変わってくるようだった。

そんな中、おれは考えていたことを口にした。

「決まってんじゃん。イケてるやつらを目指すんだから、イケてる感じの言葉しかないっしょ！」

「おおっ！」

そうして、おれと斉藤は青虫に与えるためのイケてる言葉を考えて、授業中にこっそりメッセージで送り合った。

——斉藤くんって、シャレオツだよね～♪

——そっちこそ、夜空を彩《いろど》る星々より遥《はる》かに輝《かがや》いてるよ～♪

そんなやり取りの文面を、スマホに表示したままにしておいた。

おれは内心でニヤニヤが止まらない。

いっやー、これはもりもり食べられて、一瞬でなくなっちゃうなぁ！

けれど、休み時間になっても青虫はおれたちの言葉には一切《いっさい》口をつけていなかった。おかしいなと首をかしげつつ、一応別の言葉が並んだ画面に切《き》り替《か》えてみた。すると、青虫は現れた言葉を食欲旺盛《おうせい》に食べはじめ、おれは思う。

こいつ、いっちょ前に好みがあんのか……！

敗北感が芽生えてくるも、なんとか気を取り直して口を開いた。

「つーか、斉藤、おれらもしょせんは青虫なんだよ！　だったら、こいつと一緒に本物のイケてる葉っぱを食って成長するしかねーだろっ！」

おれたちはその「本物」の言葉を手に入れるべく、イケてるグループの会話を盗《ぬす》み聞《ぎ》きしはじめた。

そこで飛《と》び交《か》っていたのは、ぜんぜん知らない言葉だった。

流行《はや》っているらしいギャグや、スイーツの名前。バズっているショート動画に使われている音楽の歌詞……。

おれ自身もイケてる言葉を摂取《せっしゅ》して大いに満たされるものがあるなかで、それらをスマホに打ちこんでみると青虫も気に入ったようだった。

「食ってる食ってる！　もっとだわっ！」

おれたちはイケてるグループの会話にいっそう耳をかたむけて、手に入れた言葉を片っぱしからメモしていく。

——あのカフェの新作サワラサンド、うますぎじゃね？

——週末のデート、すみれコーデにしようと思っててさー。

それらをスマホに打ちこむと、青虫はすごい勢いでバクバク食べる——。

青虫に異変があったのは、しばらくしてのことだった。休み時間に見てみると、じっと動かなくなっていたのだ。

どうしたんだと不安な気持ちになっていると、やがて青虫は姿を変えて茶色くなった。

「サナギじゃん！」

二人で興奮しているなか、斉藤が待ちきれないといった様子で口にした。

「ねぇ、もうみんなに見せちゃわない？　絶対に注目されるよ！」

教室では、イケてるグループが楽しそうに会話をしていた。

それを横目で見ながら、おれは言う。

「まあ、慌《あわ》てんな。おれらも今、こいつと同じでサナギなんだわ。サナギのときに下手に触《さわ》ると、羽化するもんもしなくなるだろ？　ここは我慢《がまん》だっ！」

羽化の兆《きざ》しが見えたのは、ある日の昼休みのことだった。サナギがふるふると震《ふる》えていたのだ。

「きたきたきたきた、きたじゃんか……！」

斉藤を呼び寄せ二人で様子を見ていると、サナギの背中が二つに割れて、中からにゅうっと出てくるものがあった。

コトノハチョウだ。

かたずをのんで見守るなか、それはゆっくり羽を伸《の》ばす。羽はキラキラと黄金色《こがねいろ》に輝いていて、斉藤と一緒に歓喜《かんき》する。

「めちゃくちゃイケてんじゃん……！」

コトノハチョウは、成虫になると花の蜜《みつ》を吸って生きるということだった。ただし、ふつうの花のものじゃない。話が弾《はず》むことを〝言葉に花が咲く〟というけれど、コトノハチョウは話が弾んでいるところへ飛んでいき、そこに咲いた見えない言葉の花から蜜を吸うらしかった。

その点について、斉藤は少し心配していた。たしかにおれたちは二人で会話が盛り上がることは多いものの、常にというわけじゃなく、コトノハチョウがその花だけで満足するのかが分からなかったからだ。が、おれはこう考えていた。コトノハチョウが羽化すればみんながおれたちのところに集まってきてワイワイし、言葉の花畑が生まれていい感じになるはずだ、と。

案の定、コトノハチョウがおれたちの周りを羽ばたきはじめたその直後、イケてるグループをはじめとしたクラスのみんなが「なんだなんだ」と集まってきた。

「チョウじゃん！　しかも、キラキラしてね!?」

おれは鼻高々で口にした。

「ヤバいっしょ。じつはじつは、おれらが二人で育てましたぁ」

へぇぇと感心する声があがり、あれこれ質問が飛んでくる。おれたちは内心でガッツポーズをしながら、それに答える。周りでは言葉の花が咲き乱れ、コトノハチョウも満足げな様子を見せる――。

けれど、その状況《じょうきょう》は長くつづきはしなかった。コトノハチョウが、おれと斉藤を置いてイケてるグループにくら替《が》えしたのだ。

悔《くや》しくも、理由は明らかだった。クラスのみんなはおれたちからひと通り話を聞くと満足して何も聞いてこなくなり、言葉の花が周りにぜんぜん咲かなくなってしまったからだ。

一方、その言葉の花がいつも咲き乱れているところがあった。それがイケてるグループの周りで、さぞおいしい蜜が吸えるのだろう、コトノハチョウは彼らに付きまとうようになった。のみならず、後日やってきた取材の人も、おれと斉藤へのインタビューはそこそこに、コトノハチョウがいる彼らのほうばかりに話を聞いて帰っていった。

おれは教室のすみで、がっくりと肩《かた》を落とした。

「おれらもチョウになれるはずだったのに……」

斉藤も嘆《なげ》く。

「ね……これじゃあ、サナギから青虫に逆戻《ぎゃくもど》りだよ……」

けれど、いつまでも沈《しず》んではいられなかった。

なんとか自分を奮い立たせて、おれは言った。

「ぐずぐずすんのはヤメだヤメ！　青虫なら青虫らしく、またやってくしかねーだろっ……！」

いつか羽ばたける日を夢見て。

おれたちは今日も耳をそばだて、イケてるグループの言葉をこそこそかじってお腹《なか》を満たす。

◉啓蟄 Keichitsu 3月5日－3月19日頃

「蟄《ちつ》」は虫や動物が地中にこもって冬を越《こ》すこと。
冬ごもりをしていた虫や動物が暖かい光に目を覚ます頃。
＊作品に登場する主な季節のもの＝青虫／チョウ／雷／桃の花／サワラ／すみれ

春分

桜ロケット

桜の開花宣言が町を駆《か》け抜《ぬ》け、人々の心は大いに弾《はず》んだ。

ここ数日、桜は至るところでつぼみをふくらませていた。

これから一気にそれらが開き、あたりはピンクに染められる。

その光景を想像するだけで、だれもが身も心も軽くなった。

次の休日は絶好の花見びよりで、人々は満開の桜を愛《め》でるべく、こぞって出かけた。

一番のにぎわいを見せたのは、町の大きな公園だった。

ある親子は、弁当を持参してその公園を訪《おとず》れていた。レジャーシートを広げて咲《さ》き誇《ほこ》る桜を眺《なが》めながら、卵焼きやおにぎりなどをおいしく頬張《ほおば》る。ときおり散り落ちる花びらを、犬が楽しげに追いかけ回す。

そのとき、娘《むすめ》がつぶやいた。

「今頃《いまごろ》、あっちでも咲いてるのかなぁ……」

「あっちって？」

尋《たず》ねた母親に、娘はある外国の町の名前を口にする。そこは数年前、文化交流や親善を目的としてこの町と〝姉妹都市〟になった町で、娘は最近そのことを改めて授業で習ったのだと母親に言った。

「それでさ、姉妹都市になるときに、うちの町から桜の木がたくさん贈《おく》られたんだよね？　だから、あっちでも咲いてるのかなぁと思って」

なるほど、とうなずきながら、母親は言う。

「どうだろうね。でも、もしかしたら満開になってるかもね」

二人は、咲き誇るピンクに思いを馳《は》せる。

そんな親子の隣《となり》では、カップルが身を寄せ合いながら桜をうっとり眺めていた。さらにその隣では、スーツ姿の大人たちがブルーシートの上で愉快《ゆかい》げに騒《さわ》いでいた。

だれもが、うららかな春を満喫《まんきつ》していた。

暖かい風が、花びらをからめとりながら渦《うず》を巻く――。

ゴゴゴゴゴ、という重低音とともに地面が揺《ゆ》れはじめたのは、そのときだった。

揺れはそれほど大きなものではなかった。が、不穏《ふおん》な音も相まって、人々はひどく慌《あわ》てた。おにぎりは転がり、飲み物はこぼれ、犬は威嚇《いかく》するように大声で吠《ほ》えた。

直後、だれかが「あっ！」と叫《さけ》んだ。

「桜がっ……！」

人々はそちらに視線をやって、目を見開いた。

そこには一本の桜があったのだが、あろうことかその木は根っこの側からオレンジ色の炎《ほのお》を噴《ふ》きだし、ゆっくりと真上に上昇《じょうしょう》していた。

居合わせた人々は度肝《どぎも》を抜かれた。と同時に、頭の中におのずと浮《う》かんできたシーンがあった。

ロケットが発射する光景だ。

「桜が発射しようとしてるぞ……！」

根っこは少しずつ抜けていき、土がパラパラと地面に落ちる。やがて完全に抜け切ると、桜はスピードを一気に増して飛び立った。

人々が呆然《ぼうぜん》と立《た》ち尽《つ》くすなか、それは小さくなって青空の向こうへ消えていく。

はらりはらりと、あたりに花びらが降ってくる。

その日、桜が発射したのは、この公園だけに限らなかった。

神社、沿道、個人宅……。

町のさまざまな場所から、桜はロケットさながら空に向かって飛び立った。さらに、同様の現象は桜が満開を迎《むか》えたほかの地域でも起こっていたことが、すぐに分かった。

ニュースは当然、この話題で持ち切りだった。各メディアは〝桜ロケット〟と称《しょう》し、山を追《お》い越《こ》し雲を突《つ》き抜《ぬ》けぐんぐん上昇していく桜の姿を繰《く》り返《かえ》し流した。

人々は、この未曽有《みぞう》の事態に恐怖《きょうふ》を覚えた――かというと、多くの場合は不思議とそうならなかった。驚《おどろ》きはしたが、飛び立つ姿を改めて眺めるうちに雄大《ゆうだい》な気持ちになってきて、なんだか応援《おうえん》したくさえなっていた。

大地を離《はな》れる桜は全体からするとごく一部ではあったものの、翌日もその翌日も現れて、優雅《ゆうが》な花びらの雨を各地に降らせつづけた。

そんな中、国は緊急《きんきゅう》で専門家を招集し、この現象の解明に乗りだした。

なぜ桜はいきなり飛び立ちはじめたのか。飛び立つものと、そうでないものに違《ちが》いはあるのか。猛《もう》スピードで飛んでいるにもかかわらず、どうして摩擦《まさつ》で燃えないのか。燃料はどうなっているのか……。

しかし、調べてみても詳《くわ》しいことは不明だった。唯一《ゆいいつ》分かったのは、桜は満開の花をたたえたまま大気圏《けん》を突破《とっぱ》して、どこを目指すでもない様子で宇宙の彼方《かなた》へバラバラに飛んでいっているということだけだった。

その事実を知った人々は、いっそう雄大な気持ちになりながら、宇宙空間を行く桜の姿を想像した。

暗闇《くらやみ》のなか、星々の光を受けてピンクに輝《かがや》く桜たち。時おり小惑星《しょうわくせい》がびゅうっと横切り、花びらを散らす。それは天の川へと舞《ま》い落《お》ちて、壮大《そうだい》な花筏《はないかだ》をつくりだす——。

一方、メディアでは連日、この現象へのさまざまな憶測《おくそく》が飛《と》び交《か》った。

「桜は危機を感じて、地球から脱出《だっしゅつ》しているんですよ」

ある人がテレビで持論を展開し、司会の人からどういうことかと尋《たず》ねられる。

「いえね、地球の環境《かんきょう》は我々人間のせいで悪化の一途《いっと》をたどっていて、このままでは取り返しのつかないことになりかねませんよね？　なので、そうなる前に桜はいち早く逃《に》げだしているというわけですよ。特にソメイヨシノは挿《さ》し木《き》や接《つ》ぎ木《き》で増えてきたクローンですから、きっとクローン同士で危機感を共有して、準備が整ったものから飛び立っていっているのでしょう」

それに対して、別の人が横から、いや、と口にした。

「これは地球に不時着した未知の生命体の仕業《しわざ》に違いありません。そいつらは桜を宇宙船に改造して、再び宇宙に戻《もど》っているというわけです」

番組を見ていた者の中には、町の公園で花見をしていたあの親子もいた。娘は交わされる憶測には興味を持たず、もしかして、と母親に言った。

「桜たちは、新しく姉妹都市になってくれるところを探しに行ってるんじゃないかなぁ」

「どういうこと？」

首をかしげる母親に、娘はつづける。

「ほら、姉妹都市になったら、相手に桜を贈ることが多いでしょ？　あれの、順番が逆な感じっていうか。先に桜のほうがその場所に行って、私たちはあとから行くっていうさ」

今のところ、ほかの国で桜が発射した例は確認されていなかった。それも踏《ふ》まえると、桜を贈る文化があるこの国だからこそ、桜はみずから飛び立っていっているんじゃないか……。

母親は尋ねる。

「つまり桜は、宇宙人を探しに行ってるってこと？」

「うーん、それもあるのかもしれないけど、どっちかっていうと場所と場所をつなげようとしてる感じ？」

娘の持論に、母親は笑いながら答える。

よく分からないけど、そうかもねぇ。

町の桜が飛び立たなくなったのは、残った桜がやがて花を散らして葉桜となったころだった。一方、今度は、この町より北の地域で満開を迎えた桜たちが飛び立ちはじめた。が、やはりそちらでも花が散ると桜は微動《びどう》だにしなくなった。

人々は言い合った。結局、あれはなんだったのだろう、と。

メディアもだんだん取り上げなくなり、みんなはしだいに忘れていった。

しかし、翌年の春、同じ現象が再び起こった。満開になった桜の一部が宇宙へ飛び立ちはじめたのだ。

ある学校の桜は、卒業式のさなかに発射した。

ある堤防《ていぼう》の桜は、ドラマの撮影《さつえい》中に発射した。

桜はいきなり飛んでいくので、実際のところ困ったことも生じはした。が、人々はこの状況《じょうきょう》をおおむね受け入れ、楽しんだ。どの桜が発射するかを当てるゲームに興じたり。桜にしがみついて上空に行き、パラシュートで降りてきたり。

新たな展開が訪れたのは、最初に桜が飛び立ってから三年目の春のことだった。満開となった桜が相変わらず次々と宇宙に出ていくなかで、こんなことが報じられた。

「先日飛び立った桜の一本が、月に着陸した模様です」

それを機に、発射する桜は軒並《のきな》み月へと向かいはじめ、そのまま月面に着陸するようになった。

追って行われた調査によると、桜たちは過酷《かこく》な環境を物ともせず、月に根づいているらしかった。さらには突然変異も起きたようで、月面でみずから増殖《ぞうしょく》していることも確認された。

人々はおもしろおかしく語り合った。

まさか人類より桜のほうが、先に月に進出してしまうなんてなぁ、と。

長い月日が流れた、ある春のこと。

夜桜を愛でる人たちでにぎわう町の公園で、一組の親子が花見をしていた。

ときどき地面が揺れて桜が発射されていくも、慣れたものでだれも驚きはしない。一時は減っていくばかりだった桜も、今は植樹で一定の数を維持《いじ》していた。

そのとき、発射した桜の行く末を見つめながら、娘が言った。

「やっぱり違う方向に行くんだねぇ……」

それというのも、桜の進む方向のことだった。次にどこを目指しているのかは分からない。が、この頃の桜は月には向かわず、別の方向に飛んでいくようになっていた。

「まあ、あっちはもう十分だからね。人もたくさん住んでるし」

母親が言って、娘は応じる。

「そういえば、このあいだ学校で習ったんだけど、うちの町の姉妹都市ってあのへんにあるの?」

「そうそう、右のほうの――」

二人はそろって天をあおぐ。

視線の先では春の夜空に美しく、ピンクの満月が咲いている。

◉春分

Shumbun　3月20日－4月3日頃

昼と夜の時間がほぼ同じになる日。

春分を過ぎると夜より昼の時間が長くなっていく。

＊作品に登場する主な季節のもの＝桜／花見／卒業式／春満月

清明

スワロー

ぼくはスワロー。

と言っても、まだ新人研修を終えたばかりの見習いで、できることなんてほとんどない。

スワローという職業には、小さいころから憧《あこが》れてきた。

最初にその姿を目撃《もくげき》したのは、職場見学で父親の会社を訪《おとず》れたときのことだった。そこにはツバメの尻尾《しっぽ》のような形をした燕尾《えんび》服《ふく》を身にまとい、目にもとまらぬスピードで飛ぶようにあたりを駆《か》ける人がいて、ぼくは父親の仕事そっちのけで目を奪《うば》われた。そして苦《く》笑《しょう》する父親から、スワローという名称《めいしょう》や、その存在のおかげで快適に働けていることなどを教えてもらったのだった。

以来、憧れはふくらんでいき、大学を卒業して就職先に選んだのはスワローを育てて派《は》遣《けん》する「ツバメカンパニー」という会社だった。入社試験はとてもハードで、体力テストや学力テスト、適性診断《しんだん》をへて、なんとか狭《せま》き門をくぐり抜《ぬ》けることができた。

そうして入社してすぐに受けた研修では、最低限の知識や技術、マナーなどについて学んだ。そのあとで、ぼくはいよいよ現場の部隊に配属されることになった。スワローには国の組織で働く部隊や、町に出て働く部隊などいろいろとあるなか、ぼくが配属されたのは志望通り、企業《きぎょう》に駐在《ちゅうざい》して働く部隊のひとつだった。

「ようこそ、第5部隊へ。きみの育成を担当することになった、速水《はやみ》だよ」

爽《さわ》やかな笑《え》みを浮《う》かべるその速水さんという先輩《せんぱい》に、ぼくは気合いを入れて挨拶《あいさつ》した。

「三村《みむら》です、よろしくお願いします！」

速水さんは燕尾服に白い蝶《ちょう》ネクタイ、そして赤いグローブを身につけていて、かっこいいなぁとしみじみ感じた。対するぼくは社から与《あた》えられた赤いグローブはしていたものの、ほかは一般的《いっぱんてき》なスーツにネクタイという姿だった。新人は見習いとして現場で基本を身につけた上で、社から認められれば晴れて制服を与えられることになっていた。

「じゃあ三村くん、さっそくぼくの担当企業に一緒《いっしょ》に行こうか。って言っても、ぼくも今日から担当だから、みなさんとは初めましてだけどね」

「はいっ！」

訪れたのはＩＴ系の会社で、社長さんや社員さんにひと通り挨拶をしたあとで速水さんは言った。

「まずは〝巣〟をつくろうか」

速水さんとぼくはいくつものバケツを台車にのせて、オフィスの一角の壁際《かべぎわ》まで運んだ。バケツに入っているのは特殊《とくしゅ》なノリが配合された泥《どろ》で、速水さんはそれをコテで取って壁の上のほうに盛りつけはじめた。拠点《きょてん》となる〝巣〟をつくるためだ。

そして、着ているものをまったく汚《よご》さず、あっという間に人が入れるほどのサイズの巨大《きょだい》なツバメの巣のようなものをつくりあげると、速水さんは口にした。

「さ、きみもどうぞ」

うなずいて、ぼくも巣づくりに着手する。研修で練習したときには、それなりにうまく完成させられていた。が、いざ現場でやってみると本番の緊張感《きんちょうかん》も相まって少しずつゆがみが生まれ、できあがった巣はひどく不格好なものになった。だけでなく、焦《あせ》ってジタバタしているうちに全身が泥だらけにもなっていて、ぼくは意気消沈《いきしょうちん》した。

「まあ、最初はそんなもんだよ。そしたら、肝心《かんじん》の仕事に移ろうか」

速水さんは笑いながらそう言って、ぼくは失敗を引きずりながらも自分の巣に身をすっぽり収めてオフィス全体を見回しはじめた。

ツバメは商売繁盛《はんじょう》をもたらすといわれるけれど、スワローもまさにそんな存在で知られていた。違《ちが》うのは、スワローの場合は迷信を超《こ》え、実際に一定の効果をもたらすことができるところだ。

　そのとき、速水さんが素早《すばや》い動きで巣からパッと飛びだした。そして、オフィスで働く人たちのあいだを軽《かろ》やかに駆《か》け抜《ぬ》け、コピー機のところにいた一人の社員さんに接触《せっしょく》してから再び巣に戻《もど》ってきた。

　速水さんが広げたその手には、黒々とした三センチほどのミミズのようなものがうごめいていた。

「これが悪さをしてた虫ですか……？」

「そうだよ」

　研修のときは映像でしか見ておらず、実物を見るのは初めてだった。

　この虫は人のお腹《なか》に自然と湧《わ》いてくるもので、宿主の負の感情を食べて生きているらしかった。負の感情を食べてくれるので、日頃《ひごろ》は良好な心の状態を保つためにむしろ役立つ存在であるものの、宿主が何かをきっかけに強い負の感情を抱《いだ》くと、それを増幅《ぞうふく》させる方向に暴走することがある。そうなると、宿主は感情をコントロールできなくなり、怒《いか》りや嫉妬《しっと》や悲しみなどが収まらなくなって、周囲にも知らず知らずのうちに悪い影響《えいきょう》が広がっていく。

　スワローの役割は、そんな事態を初期段階で収めることにある。身につけているツバメの喉元《のどもと》のような赤いグローブには人の身体《からだ》をすり抜けて虫だけを捕獲《ほかく》できる力があって、スワローはそれを駆使《くし》して悪さをしている虫を取り除く。すると宿主の心には平穏《へいおん》が訪れ、気持ちが前向きになってくる。周りの雰囲気《ふんいき》もよくなって、仕事にもいい影響が現れはじめ、商売繁盛につながっていく……そういう具合だ。

「さて、こんな感じで、きみにも早く基本を身につけてもらわないとね」

速水さんの手の中で、虫は蒸発するように消えていく。

ぼくは答えた。

「がんばります！」

それからの現場実習では研修と違うことばかりで、自分の無力さを痛感する日々だった。

虫の暴走を察知する力はすでに体得していて、どのあたりで問題が起きているかはだいたい感じ取ることができた。が、人が密集している場所では対象者を特定するのが簡単ではなく、高い精度が求められた。

ぼくは対象者を見誤り、別の人のお腹の中の悪さをしていない虫を何度も取ってきてしまい、速水さんに怒《おこ》られた。

「違う違う、隣《となり》にいた方だよ！」

速水さんが即座《そくざ》に捕獲しに行ってくれて大事に至ることはないものの、ふがいなさに落ちこむことがつづいた。

ほかにも、対象者を特定できても手元がブレて空振《からぶ》りし、虫を一度で捕《つか》まえることができなかったり。同時多発的に虫が暴走しはじめて、パニックに陥《おちい》って対応が遅《おく》れたり。

　そんな中、もっとも習得に苦労したのが、忙《いそが》しく動き回っている社員さんたちの間を素早く駆け抜ける技術だった。ぶつかってケガをさせないという大前提の上で、社員さんたちの移動の邪魔《じゃま》をせず、刻々と変化する状況《じょうきょう》に応じて急旋回《きゅうせんかい》を繰《く》り返《かえ》しながらスピーディーに進んでいく必要があった。

　が、オフィスの中の人の流れは予測がつかず、ぼくは判断が一瞬《いっしゅん》遅れてしょっちゅう社員さんにぶつかりそうになった。何日たっても理想の姿とは程《ほど》遠く、焦りは募《つの》るばかりだった。

　このままじゃ、制服をもらえないどころか、見限られて解雇《かいこ》されてしまうかも……。

　速水さんに食事に誘《さそ》ってもらったのは、ある日のことだった。

　テーブルに並んだ旬《しゅん》のものにも食欲があまり湧かないなか、ぼくは尋《たず》ねた。

「あの、どうやったら速水さんみたいに急旋回できるようになるんでしょうか……」

　速水さんはカツオのたたきを頰張《ほおば》りながら、口を開いた。

「変化を感じて、楽しみながらそれに適応するってことかな」

　速水さんは言葉を重ねる。

「いくら頭で考えても、予測には限界があるからね。まず、全身の感覚を研《と》ぎ澄《す》ませて、そのときどきで周りの変化をしっかり感じる。そうして変化をありのままに受け入れて、すぐ切《き》り替《か》える。その連続って感じだね。逆に、思いこみにとらわれて変われなかったり、動揺《どうよう》して動きが止まったりしてしまうと、急旋回は果たせずにぶつかってしまう。まあ、口で言うのは簡単だけど、意識してみて。あっ、それから、腹ごしらえも重要だよ」

速水さんは笑いながら料理を指した。ぼくは、ぐるぐる考えながらもメバルの煮《に》つけに箸《はし》をつけた。

その日から、余計なことを考えるのはやめにして、もらったアドバイスの実践《じっせん》に努めた。だからと言って、すぐに成果が現れたわけではなかった。

でも、あきらめずに何度も繰り返すうちに少しずつ速水さんの言っていたことが分かるようになってきて、自然と急旋回ができるようになっていった。並行《へいこう》して、暴走した虫を的確に捕獲できるようにもなっていき、速水さんのフォローがなくてもある程度は役割を果たせるようになっていった。

速水さんに「ちょっといいかな？」と声をかけられたのは、そんな折のことだった。なんだろうと思っていると、「はいっ」とあるものを渡《わた》された。それは憧れの燕尾服と白い蝶ネクタイで、驚《おどろ》くぼくに速水さんは言った。

「ここまで、よくがんばったね。ぼくから教えることは、もう何もないよ。巣立ちのときだ」

うれしくはありつつ、まだまだ未熟なのに大丈夫《だいじょうぶ》だろうかという不安もよぎった。けれど、ここからは自力で一人前を目指していかねばと腹をくくった。

「いつか絶対、速水さんみたいになってみせます！」

「その意気だよ」

速水さんは微笑《ほほえ》んだ。


そうしてぼくは、独《ひと》り立《だ》ちした。

最初に担当となったのは電気機器のメーカーで、その会社のオフィスに巣を構えると、気合いを入れて悪さをする虫に目を光らせはじめた。

しばらくは順調な日々を送っていた。

が、あるとき突然《とつぜん》、思わぬ事態に見舞《みま》われた。

担当する会社の大きな取引先が予期せず倒産《とうさん》してしまい、大損害をこうむったのだ。

一夜にしてどん底に突《つ》き落《お》とされて、社内は騒然《そうぜん》とした。自社の倒産もチラつくなかで、混乱の渦《うず》は拡大する一方だった。

ぼくもその雰囲気に、一瞬だけ飲まれかけた。そして、いくらがんばったところでスワローには外的な要因をどうすることもできない現実に、自分の存在意義を少しだけ疑いもした。

けれど、こんなときこそ出番だと、すぐにおのれを奮い立たせた。

まずは、みんなの不安や恐怖《きょうふ》を増幅させている虫を一匹《いっぴき》残らず取り除くことからはじめなければならなかった。

そこから先はどうすればいいのか分かっていないし、まだまだ未熟な自覚もある。

でも、きっとうまくいく。いや、何が何でもここから絶対に立て直すぞ、と心に誓《ちか》う。

いきなり訪れた変化の局面？　結構じゃないか。

ぼくはスワロー。急旋回は得意なのだ。

◉清明 Seimei　4月4日－4月19日頃
花や風、空といった自然やすべての生き物たちが明るく華《はな》やぐ頃。
＊作品に登場する主な季節のもの＝ツバメ／カツオ／メバル

穀雨　雨天庵

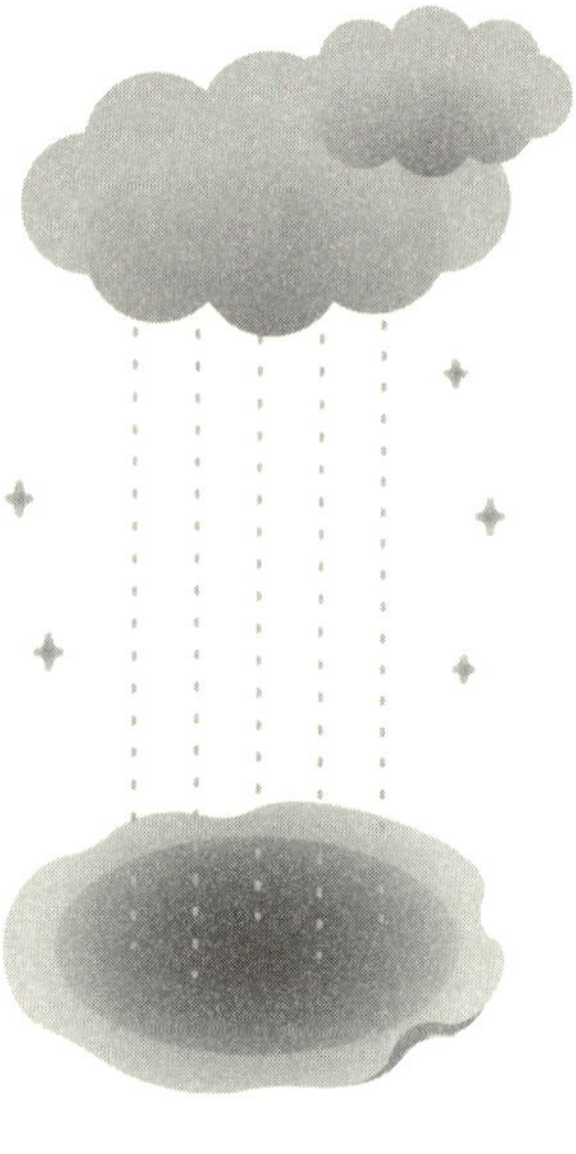

褒《ほ》めてもらえて、うれしいわ。

おもしろいでしょ、この飾《かざ》り。光ったときの感じとかも、けっこう気に入っててね。最初に髪飾《かみかざ》りみたいになるかもってよぎったときは、奇抜《きばつ》かなぁとも思ったわ。でも、なんだか遊び心をくすぐられて。

ちょっと前までの自分だと、そんな気持ちになんて絶対になってなかっただろうなぁ。知っての通り、好奇《こうき》心《しん》も挑戦心《ちょうせんしん》もどこかに忘れてきたみたいな人だったから。

変われた理由？

この髪の飾りとも関係してるんだけど、あるお店と出会えたおかげでね。

もともと代《か》わり映《ば》えしない日常に暇《ひま》を持て余し気味だったけど、仕事を引退してからはいっそう刺激《しげき》がなくなって、毎日が退屈《たいくつ》で。たまには自分から刺激をもらいに行ったほうがいいのかなぁって、よく使う路線の降りたことのない町に珍《めずら》しく足を運んでみたの。

でも、町の景色もどのお店も色あせて見えて、ぜんぜん心は動かなくて。

もう帰ろうかなと思ってたときだった。ふとのぞきこんだ路地に茅《かや》ぶきの門を見つけてね。「雨天庵《うてんあん》」って毛筆で書かれた暖簾《のれん》が風に揺《ゆ》れてて。

なんのお店なのかは分からなかった。けど、不思議と惹《ひ》かれるものがあって、ちょっと寄ってみることにしたの。

門をくぐって瓦《かわら》屋根の建物の中に入ると、こげ茶色のテーブルがいくつか並んだ落ち着いた空間が広がってた。奥《おく》は全面がガラス張りになってて、中庭には藤《ふじ》の花が咲《さ》いてるのが目に入った。

お茶をいただけるようなお店なのかな……。

そう思ってたら店員さんがやってきて、初めてですかって聞かれて。うなずくと、こんなことを伝えられたの。

「当店では、雨をご提供しておりまして」

どういうことかと尋《たず》ねたら、店員さんはこうつづけた。

「雨を蒸留したものを、お飲み物としてお出ししているんです。ご用意している雨はあちらにございますので、よろしければどうぞ」

促《うなが》されて、私は店員さんと一緒《いっしょ》に隣《となり》の部屋に移動した。
その部屋の壁《かべ》一面には、透明《とうめい》な液体の入った大きな瓶《びん》がずらりと並べられてて、きれいだなぁと思った。
びっくりしたのは、瓶に近づいてのぞきこんでみたときだった。まるで瓶の中で雨が降ってるみたいに、どの液体の表面にもどこからともなくぽつぽつと水滴《すいてき》が落ちてきてて、波紋《はもん》が広がってたの。
「こちらから、ぜひお好きなものをお選びください。いま並んでいるのは、すべて春の雨です」
瓶にはラベルが貼《は》られてて、その雨の名前が書かれてた。
春時雨《はるしぐれ》
甘雨《かんう》
卯《う》の花腐《はなくた》し
知らないものばっかりで、春の雨ってこんなにいろんな名前があるんだって感心したなぁ。
どれにするか迷ったけど、店員さんにも相談しながら最終的に「瑞雨《ずいう》」っていうものを選んでね。穀物の生長を助ける雨って意味らしいんだけど、私は席に移動して、店員さんが用意してくれるものを楽しみに待った。

そうして運ばれてきた雨は、縁《ふち》がぐにゃりと曲がった平皿に近い器《うつわ》に入れられてて、なんだか水たまりみたいだなぁと思ったわ。水面にはやっぱり雨がぽつぽつ落ちてきてるなかで、私は常温の器をそっと持ってひと口飲んだ。

その瞬間《しゅんかん》、雨の匂《にお》いが鼻を抜《ぬ》けて。味は、雨以外は何も入ってないはずなのに上品な甘《あま》みがあって、素直《すなお》においしいって感じたわ。

おもしろいことが起こったのは、添《そ》えられてたヨモギの草餅《くさもち》と一緒に雨をゆっくり味わってたときだった。耳の奥《おく》でしとしとと音が聞こえはじめて、自分の中に雨が降りだしたような感覚になってきたの。

正直なことを言うとね、もともと私、雨ってそんなに好きじゃなかったの。雨の日は頭痛がするし、洗濯物《せんたくもの》も外に干せないし。でも、そのとき自分の中に感じた雨にはイヤな感じがぜんぜんなくて、むしろすごく心地《ここち》よくて。

降った雨は私にじんわりしみこんでいってるようで、雨をぜんぶ飲み終えたときには心がうるおって満たされたような感覚になっててね。なんだか自分の中に青々とした草とか木が生えてきて、天に向かって伸《の》びてくようなイメージも浮《う》かんできて。

そのとき、なんとなく窓の外に目をやって、息をのんだ。庭の景色が、さっきとは別物みたいに美しく映ったの。色あせてたものが色彩《しきさい》を取《と》り戻《もど》したみたいというか、藤の紫《むらさき》も、木の緑も、とっても鮮《あざ》やかで。

やってきた店員さんにそのことを話したら、微笑《ほほえ》みながらこう言った。

「雨は恵《めぐ》みをもたらしてくれるものですから」

変化したのは景色の見え方だけじゃなかった。

周りのものへの感じ方もなんだか変わって、お店の壁に掛《か》かってる絵とか流れてる音楽とかにも急に興味が出てきたの。そんな感覚になったのはいつぶりだろうって思いながら、こう考えたものだった。

私に足りなかったのは刺激なんかじゃなくて、心のうるおいだったんだ……。

それからの私は、その雨天庵によく行くようになってね。

「春霖《しゅんりん》」を飲んで、穏《おだ》やかに降りつづける長雨《ながあめ》を感じながら読書をしたり。

「催花雨《さいかう》」を飲んで、チューリップや牡丹《ぼたん》が次々と開花するイメージに浸《ひた》ったり。

心がうるおったおかげで、それまで見逃《みのが》してしまってた日常のささいなことにも気がつけるようになって、毎日が楽しくもなって。いろんなことにも興味が出てきて、新しいことにチャレンジしてみるようにもなったりして。

それから、雨の影響《えいきょう》は身体《からだ》のほうにも出てきてね。肌《はだ》がしっとりしてきたり、雨の日の頭痛がなくなったり。

雨天庵の店員さんに報告したら、笑みを浮かべてこう言った。

「雨がなじむと、そういったことが起こるんですよ」

それで、そう、この髪の飾りのことだけど。

じつはこれも、雨の影響のひとつなの。雨が身体になじんでから、自然と髪につくようになってね。

このたくさんの粒《つぶ》はね、作り物の飾りじゃなくて。

ぜんぶ、本物の雨粒なの。

雨粒が髪につくなんて、最初は雨がなじむことにも代償《だいしょう》があるんだなって思いながら仕方なく拭《ふ》いてたわ。でも、鏡で見てるうちに、なんだか雨上がりの植物みたいできれいかもって思うようになってきて。光を浴びたらジュエリーみたいに輝《かがや》くし、むしろこれも雨の恵みのうちかもって、最近では拭かずにそのままにしておいてるっていう具合なの。

そんな感じで、今の私があるのは本当に雨のおかげだなぁって思ってる。

こうしてキラキラ光ることができているわけだから。

心身ともにね。

◉穀雨　Kokuu　4月20日－5月4日頃《ごろ》

やわらかな春の雨が降り、農作物の種をまくのに適した頃。

＊作品に登場する主な季節のもの＝藤の花／雨／草餅／チューリップ／牡丹

夏
SUMMER

立夏

鯉のぼりの日

いとこのサヤ姉から遠出に誘《さそ》われたのは、ある日のことだった。

「今度のこどもの日に鯉《こい》のぼりを見に行くことにしたんだけど、敬太《けいた》が美菜《みな》と行きたいって言っててさ。どう?」

サヤ姉の息子で園児の敬太はなぜだか私になついていて、ときどき遊んであげていた。ちょうど予定もなかったので、私はオーケーをしたのだった。

その当日、私はサヤ姉と敬太と一緒《いっしょ》に車に乗って出発した。

道中では敬太にせがまれ延々としりとりをさせられてぐったりしながらも、やがて山のふもとの牧場のような場所にやってきた。多くの人でにぎわうなか、ロッジで受付をすませて外に出ると、青々とした草原が広がっていた。

吹《ふ》き抜《ぬ》ける風を感じながら、私は大きく伸《の》びをする。

気持ちいいなぁ……。

あっ、という声が聞こえたのは、そのときだった。草原とのあいだの柵《さく》まで走っていった敬太が、空を指さしていた。

「美菜ちゃん、いたよ！」

その先では、たくさんの鯉のぼりが優雅《ゆうが》に青空を泳いでいた。真鯉や緋鯉《ひごい》だけじゃなく、青や緑、黄色や紫《むらさき》のものもいて、眺《なが》めるだけでなんだか楽しくなってくる。

ただ、おかしいなと感じたところがひとつあった。ふつうなら鯉のぼりはポールやロープに吊《つる》されて列になっているものなのに、目の前の鯉のぼりはひとつひとつが草原のあちこちに散らばっていた。そして、本当に空を泳いでいるように自由に動き回っているように見えた。

「すごいすごい！　ほんとに生きてる！」

はしゃぐ敬太に、私はつぶやく。

「生きてる……？」

サヤ姉が笑って言った。

「ここはね、生きた鯉のぼりの養殖《ようしょく》を手がけてるファームなの」

「ええっ……？」

「ふだんは育てた鯉のぼりの販売《はんばい》をしてるみたいなんだけど、この時期はこうやって鑑賞《かんしょう》会《かい》を開いててね。人気だから、予約を取るのが大変で」

私は、鯉のぼりが生きているという話にも、それを養殖しているという話にも驚《おどろ》いた。でも、一拍《いっぱく》おくと、そういうこともあるのかも、と受け入れている自分がいた。目の前の光景は、まさに鯉のぼりが生きているとしか思えないものだったし、もうひとつ、頭の中にはこの春の出来事も思いだされていた。

世の中には春告人《はるつげびと》っていう人がいるくらいだから、生きてる鯉のぼりがいても不思議じゃないよね……。

ともあれ、私は柵に身体《からだ》をあずけながら、鯉のぼりたちの姿をのんびり眺める。風に身を任せて心地《ここち》よさそうに泳いでいる子がいたり。急上昇《きゅうじょうしょう》したり急降下したりしながら追いかけ合っている子がいたり。木陰《こかげ》で休んでいる子がいたり。

そのとき、敬太が声をあげた。

「白いのが来た！」

見ると、真っ白な身体に赤い目をした鯉のぼりが近くにやってきていた。

「アルビノって言ってね。白蛇《しろへび》と同じで、鯉のぼりも色素が薄《うす》い子がときどき生まれるんだって」

サヤ姉が言って、みんなでその鯉のぼりをまじまじ見つめる。太陽の光を浴びて白く輝《かがや》いているように見え、神々《こうごう》しくて美しいなぁと私は感じる。

やがて、サヤ姉が口を開いた。

「そろそろ時間だから、行こうか」

「えっ、もう帰るの!?」

声をあげた敬太に、サヤ姉はかぶりを振《ふ》った。

「違《ちが》う違う、ふれあい体験の時間だよ。私たちの回がはじまるからさ」

「ふれあいって、鯉のぼりと!? やった!」

歓喜《かんき》する敬太と一緒に、私もワクワクしながらサヤ姉のあとにつづいた。

スタッフの人に案内されたのは、ロッジの隣《となり》にあった広い部屋だった。扉《とびら》の窓の向こうでは、草原で見たものよりずいぶん小さい十センチから五十センチくらいのサイズの鯉のぼりたちが泳いでいた。

スタッフの人が言った。

「自由に触《さわ》っていただいて大丈夫《だいじょうぶ》ですが、追いかけたりつかんだりはしないようにお願いします ね」

居合わせたみんなで「はいっ」と答えて、部屋に足を踏《ふ》み入《い》れた。

けれど、すぐに困ったことになった。敬太が最初に近づいた鯉のぼりが素早《すばや》く逃《に》げ、それがきっかけで敬太はすねて「こっちからは行かない!」とその場から動かなくなったのだ。

「せっかくだから、近づいてみようよ」

サヤ姉が言うも、敬太はかたくなに動かなかった。

「いやぁ、この子はとにかく言いだしたら聞かなくて……ほんと、先が思いやられるよ……」

私は心のなかでうなずいた。車の中での終わらないしりとりといい、そういうところがあるよな……と。

そのとき、スタッフの人がやってきて、あるものを敬太に手渡《てわた》した。それは手で持てるタイプの小さな扇風機《せんぷうき》だった。

「鯉のぼりは風を食べて生きていきまして。よかったら、それでエサをあげてみてくれますか？」

敬太はためらいながらも、扇風機のスイッチを入れた。ぶぅぅんと風が出はじめると、さっそく鯉のぼりたちがやってきた。

「わぁっ！　すごい！」

とたんに敬太の機嫌《きげん》が戻《もど》ってやれやれと思いつつ、私はさっきから気になっていたことをスタッフの人に聞いてみた。

「あの、ここにいる鯉のぼりは外にいたのと大きさが全然違いますけど、子供とかなんですか？」

スタッフの人は首を横に振った。

「いえ、これで成魚なんですよ」

その人はつづける。

「最近のご家庭は鯉のぼりがいられるスペースを確保しづらいところが多くなっていますので、品種改良を重ねてこういった小さなものを生みだしまして。小さいといっても、大きいものとなにも性質は変わりませんよ。実際、どの個体も龍《りゅう》になる可能性をちゃんと秘《ひ》めていますから」

「龍、ですか……？」

「ええ、中国の故事にありますように、鯉の中には滝《たき》をのぼって龍になるものがいるわけですが、同じように鯉のぼりも龍になることがあるんですよ。鯉のぼりが立身出世の象《しょう》徴《ちょう》たるゆえんですね」

私はあまり話についていけず、はぁ、としか返せない。

「美菜ちゃん、なにやってるの！　こっち来てよ！」

敬太に呼ばれ、私はスタッフの人に会釈《えしゃく》をしてからふれあいの輪に加わった。

風をはらんだ鯉のぼりは、触ってみるとぽよぽよしていた。手を差しだすとすぐにじゃれてくる犬みたいな子もいれば、近づくとそっぽを向くのに、離《はな》れると寄ってくる猫《ねこ》みたいな子もいて、どっちもかわいいなぁと思う。ほかにも、腕《うで》に巻きついてくる子がいたり。大きく開けた口で私の頭にかぶりついてくる子がいたり。

そんな中、やがて敬太のそばに三十センチくらいの青い鯉のぼりが寄ってきて、そのまま離れなくなった。どうしたんだろうと思っていると、スタッフの人が微笑《ほほえ》んだ。

「ふふ、気に入られたみたいですね」

敬太はすぐに声をあげた。

「この鯉のぼり、うちで飼いたい！」

さっきのスタッフの人の説明では、マッチングさえうまくいけば鯉のぼりをこの場で購《こう》入《にゅう》することもできると聞いていた。が、サヤ姉はすぐに言った。

「いや、無理だから。お世話はだれがするの？」

「ぼくがする！　だから飼う！」

「でも、うちは狭《せま》いんだからさ」

「これくらいだったら大丈夫でしょ!?」

しばらくのあいだやり取りがつづいたけれど、敬太は譲《ゆず》らずサヤ姉は大きなため息をついた。私はサヤ姉の日《ひ》頃《ごろ》の苦労を想像して、気の毒に思う。これは本当に先が思いやられるなぁ……。

「……ちゃんとお世話できるの？」

サヤ姉の言葉に、敬太は「うん！」と返事をする。

「分かった分かった……鯉のぼりは今うちにないし、お迎《むか》えしようか……」

「やった！」

喜びを爆発《ばくはつ》させる敬太のそばで、私はサヤ姉を拝みたいような気持ちになった。


敬太の青い鯉のぼりと再会したのは、少したってのことだった。サヤ姉の家族が旅行に行っているあいだ、うちで預かることになったのだ。

鯉のぼりはかわいらしく、ずっと私のあとをついてきた。

うん？　と思ったのは、その日の午後、庭のシャクヤクに水をやっていたときだった。足元あたりを漂《ただよ》っていた鯉のぼりが、ふいにホースから出るシャワーのほうに近づいてきた。

水浴びでもしたいのかなと思っていた直後、私は目を見開いた。鯉のぼりがシャワーの流れに逆らって、下から上にのぼりはじめたからだ。

そのとき、スタッフの人の言葉がよみがえってきた。

――鯉のぼりも龍になることがあるんですよ。

もしかして、と私は思う。

シャワーを滝だと思って、のぼってきてる……!?

鯉のぼりはどんどんこっちにのぼってきて、私の手元あたりにまでやってきた。

次の瞬間《しゅんかん》、鯉のぼりはその場でぐるぐる回りはじめた。そして、私がまばたきをした間に青い龍へと姿を変えていた。

本当に龍になっちゃった……！

呆然《ぼうぜん》としながら、こう思う。来年のこどもの日に敬太のことを祝うのは、鯉のぼりじゃなくて龍のぼりになった……と。

ハッとしたのは、直後だった。そんなことより遥《はる》かに重要なことがあるじゃないかと気がついたのだ。

立身出世の象徴の鯉のぼりがこうなったのなら、だ。敬太のやつ、先が思いやられるどころか、めちゃくちゃ出世するってことじゃない……!?

宙でとぐろを巻く青い龍のぼりを前に、これは今のうちからもっと仲良くしておくべきだ、と私は急いでメッセージを送信した。

――ねぇサヤ姉、今度はいつ敬太と遊べる？

◉立夏 Rikka 5月5日–5月20日頃

暦《こよみ》の上では、この日から夏となる。
新緑が色づくさわやかな気候がつづく頃。
＊作品に登場する主な季節のもの＝鯉のぼり／こどもの日／シャクヤク

小満

黄金の海

釣《つ》りに行くぞ、と尚人《なおと》が父親から誘《さそ》われたのは、ある日曜日の朝だった。

「いや、急に言われても……」

尚人の言葉に、父親は言った。

「なんだ、予定でもあるのか？」

「……別にないけど」

「じゃあ、決まりだな。支度《したく》してなー」

強引《ごういん》だなと呆《あき》れながらも、尚人は仕方なく準備をはじめた。

あれっ、と思ったのは、出発してしばらくたった頃《ころ》だった。車は明らかに、海とは反対方面に向かっていたのだ。

そのことを指摘《してき》すると、笑いながら父親は言った。

「まあ、あとで分かるから」

やがてたどりついたのは、どこまでもつづく黄金色《こがねいろ》の麦畑で、尚人は父親と一緒《いっしょ》に車から降りた。こんなに広い麦畑を見たのは初めてで、そよそよと風に揺《ゆ》れる麦の姿も美しく、たちまち心を奪《うば》われる。

が、釣りに行くはずが、どうしてこんなところに……と混乱はつづいていた。

「安心しな、ちゃんと釣りはできるから。さ、あっちだ」

促《うなが》されて麦畑にそって歩くと、小屋が建っているところに来た。その小屋のそばからは麦畑に向かって桟橋《さんばし》がのびていて、麦の上に置かれる形でボートが何艘《そう》かつながれていた。

あんなものを置いたら、麦がつぶれるんじゃ……。

心配がよぎったものの、よく見ると、どういうわけかボートは麦をつぶさず穂《ほ》の上にのっかっていて、波に浮《う》かんでいるかのようにゆらゆらと揺れていた。

父親は手続きをしてくるからと小屋の中へと入っていって、すぐ戻《もど》ってきた。

「今日は、この黄金の海で釣りといこうじゃないか」

「あのさ、冗談《じょうだん》、とかじゃないんだよね……？」

愉快《ゆかい》げにうなずく父親に、尚人は信じられない気持ちになる。

でも、風で波立つ麦畑は、たしかに海のように見えてきていた。実際にボートもぷかぷか浮かんでいるわけで、もしかして本当に釣りができるのか……？　と思いはじめる。

「さあ、行くぞ」

父親がボートのひとつに乗りこんで、尚人も釣り道具を抱《かか》えておそるおそる後につづいた。大丈夫《だいじょうぶ》なのかとやっぱり不安になるものの、ボートは体重分だけ沈《しず》んだくらいで何の問題もなく乗ることができた。

腰《こし》を下ろすと、父親がオールを差しだした。

「頼《たの》んだぞ、若者っ」

しょうがないなと受け取って、尚人はぐっと力を入れて漕《こ》ぎだした。

黄金色の海を進んでいくのは、とても不思議な感覚だった。オールの感触《かんしょく》は海でのときとあまり変わらなかった。が、周りの景色は全然違《ちが》い、夢の中にいるかのような気分になってぼんやりしてくる。

「おーい、オールがおろそかになってきてるぞぉ」

「……じゃあ、自分でやってよ」

そう言いながら、尚人は久しぶりの感覚に懐《なつ》かしさを覚えていた。前までは、こうしてときどき父親とボートに乗って釣りに行き、同じようなやり取りをしていたものだった。が、中学にあがってからは陸上にのめりこみ、父親と出かけることはなくなっていた。

このへんにするかと言われたのは、小屋が見えなくなった頃だった。

尚人はオールを置いて、そういえば、と肝心《かんじん》なことを父親に尋《たず》ねた。

「ここって、何が釣れるの？」

「いろいろだけどな、狙《ねら》うはキスだ」

尚人は、おおっ、と声をあげる。海釣りではこの時期のキスは旬《しゅん》なので、ここでもきっとそうなのだろうと期待が膨《ふく》らむ。

使う仕掛《しか》けはキス釣り専用のものだった。が、つけるエサが海釣りで使う虫などとは違うようで、父親は粘土《ねんど》のような白いものを取りだすと、ちぎって丸めて針につけた。

「それは？」

「小麦粉でつくった練《ね》り餌《え》だな」

父親は竿《さお》をしならせ仕掛けを投げて、ゆっくりと糸を巻きはじめる。

「ここの深さって、麦の背丈《せたけ》くらいなわけ？」

尋ねると、父親は首を横に振《ふ》った。

「いや、全然そんなもんじゃないな」

何がどうなっているのかは、やっぱり分からなかった。が、尚人は仕掛けを投げてみる。それは麦のあいだに消えていって父親の言葉の通りに深く落ち、底についた感触があるまで少しかかった。

尚人はゆっくり糸を巻く。仕掛けが手元に戻ってくると、再び投げてまた糸を巻く。

あたりは、ひたすら静かだった。

麦は風に揺れ、さらさらと心地《ここち》いい音を立てていた。ひばりの高い鳴き声も聞こえてきていた。それらは音であるものの、かえって静けさを際立《きわだ》たせる。心はどんどん落ち着いていく。

「なんか、飛びこんでみたくなってきたよ」

尚人の言葉に、父親は言った。

「別にいいぞ。何なら潜《もぐ》れるみたいだしな。ただし、勇気があれば、だ」

「勇気？」

「触《さわ》ってみたらすぐに分かるよ」

どういうことだと、尚人は竿を置いてボートから身を乗りだした。手を入れてみると、水を触っているようにひんやりしていて気持ちよかった。が、麦のトゲのようなところがチクチクしていて、痛みを感じた。

「……これはやめておいたほうがよさそうだね」

尚人は苦笑《くしょう》を浮かべて、手を引っこめる。

それからも、尚人たちはボートを漕いで場所を変えたりしつつ、投げては巻いてを繰《く》り返《かえ》した。ときどき釣れるのはフグなどのエサ取りのみで、目的のキスはなかなか釣れない。

父親がとつぜん口を開いたのは、二人で黙々《もくもく》と糸を巻いていたときのことだった。

「……最近は、どんな感じなんだ？」

いきなりの言葉におどろきつつも、何を聞こうとしてくれているのかはすぐに分かった。

少し前、尚人は部活の練習中にケガをして、足の手術のあと休部していた。医者からはもう治っていると言われていたし、ボートだって難なく漕げた。でも、もし前みたいに走れなかったらどうしよう……そんな不安にさいなまれ、部活は休んだままだった。

尚人は気持ちを出さないようにしながら、こう答えた。

「……別に、ふつーかな」

「そうか」

ぶるっと竿に手応えがあったのは、そのときだった。

「わっ、きた！」

慎重《しんちょう》に引き上げると、狙っていたキスが針に食いついていた。が、尚人は「あれっ？」と思い、父親に尋ねた。

「なんか色が違わない？　麦みたいな……」

「これはコガネキスといってな。麦の海ならではのキスなんだ。おっ！　こっちもきたぞ！」

父親もつづいてキスを釣りあげる。

そこからはアタリの連続で、尚人たちはどんどん釣りあげていく。十分な数が釣れたところで、岸に向かって漕ぎだした。

栈橋につくと、尚人たちは釣ったものを調理してくれるという近くの料理屋に足を運んだ。

そうして出してもらったのは、キスの天ぷらだった。それに加えて、一足先に収穫《しゅうかく》された麦で作られた麦ごはんに、シソのたくさんのったサラダ、焼いた空豆などもテーブルに置かれた。

「天ぷら、うまっ！」

尚人はばくばく食べ進める。麦でできたストローで麦茶を飲みながら。父親も幸せそうな表情で口に運ぶ。麦酒《ビール》が飲みたいとこぼしながら。

父親がぽつりと言ったのは、食後のビワを食べているときだった。

「……まあ、なんだ」

父親はこほんと咳《せき》ばらいをして、言葉を重ねた。

「麦は踏《ふ》まれて強くなるらしいぞ」

父親はそれだけ言って、またビワを食べはじめた。

尚人は、説明がぜんぜん足りてないよ、と心の中でつっこんだ。が、言わんとすることは十分に伝わってきて、あれこれ考えながら窓の外の景色を見やった。

心が定まったのは、料理屋を出たときだった。

いつまでも悩《なや》んでる場合じゃない……前を向いて、まずは一歩を踏みださなきゃな——。

励《はげ》ましてくれた父親にも感謝の念がこみあげるなか、尚人は言った。

「……あのさ、おれ、勇気だすよ」

次の瞬間《しゅんかん》、尚人は桟橋に向かって駆《か》けだした。そして、ザボンッと麦の海へと飛びこんだ。

チクチクした感触を全身で感じながら、尚人は麦の海から顔をだす。

父親が引き上げてくれ、笑って言った。

「いや、勇気の出しどころが違うんじゃないか?」

尚人も笑い、濡《ぬ》れた髪《かみ》をかきあげながら桟橋の上に腰を下ろした。

視線の先では、まるで応援《おうえん》してくれているかのように、麦たちが右に左に黄金色のウェーブをつくりだしていた。

◉小満 Shoman　5月21日－6月4日頃

すべてのものが次第《しだい》に成長し、天地に満ちはじめる頃。
麦の穂も実りはじめる。

＊作品に登場する主な季節のもの＝麦／キス／ひばり／シソ／空豆／ビワ

芒種

師匠の梅

功《こう》さんと出会ったのは、美術展の内覧会でのことだった。

私はいち物書きとして、取材のためにその会に出向いていた。展示された日本画をもとにエッセイを書くという仕事で、当日たまたま居合わせた日本画家の功さんから、絵のことをあれこれ教えてもらえることになった。

功さんは御年《おんとし》七十を超《こ》える大ベテランにもかかわらず、三十歳《さい》以上も歳《とし》の離《はな》れた私に対してとても気さくに接してくれた。素人《しろうと》質問にも快く答えてくださり、帰るときにはすっかり功さんのファンになっていた。

――よければ、今度アトリエに遊びにいらっしゃいませんか。

功さんからそんなお誘《さそ》いをもらったのは、後日、お礼のメールを送ったときのことだった。恐《おそ》れ多い気持ちはありながらも私は「ぜひ！」と返信し、アトリエにお邪魔《じゃま》することになったのだった。

功さんのアトリエは駅から離れたところにあって、最寄《もより》駅からタクシーで向かった。到《とう》着《ちゃく》して門をくぐると、広い庭にはトマトからキキョウまで様々な植物が植えられていた。

「遠いところを、よく来てくれましたね」

功さんは微笑《ほほえ》みながら迎《むか》えてくれて、平屋のアトリエへと通してくれた。

わっ、と思わず声が出たのは、アトリエに足を踏《ふ》み入《い》れた瞬間《しゅんかん》のことだった。棚《たな》には赤や青、黄色や緑の岩絵の具の小瓶《こびん》がずらりと並べられていて、それだけでアート作品のように見えたからだ。

そんな中、ソファーに座《すわ》ってあたりを見回し、私はいっそうウズウズした。創作面でお聞きしたいことはたくさんあった。と同時に、アトリエの中には功さんが描《えが》いた絵が雑多に置かれていて、そちらのことも気になった。

「あの、絵を鑑賞《かんしょう》させてもらってもいいですか……？」

尋《たず》ねると、功さんはうなずいた。

「どうぞどうぞ、こんなものでよろしければ」

私はさっそく立ち上がり、じっくりと一枚一枚を眺《なが》めはじめる。直近で描いたというカマキリの絵があったり、アジサイの絵があったり。岩絵の具で描かれたそれらはどれも淡《あわ》く優《やさ》しい風合いで、見ているとと自分自身も柔《やわ》らかくなっていくような感覚になる。

うん？　と首をかしげたのは、ある一枚の絵の前に来たときだった。イーゼルに立てかけられたその絵には葉っぱを茂《しげ》らせた木が描かれていたのだが、どういうわけか絵の下にハンモックのようなネットが取り付けられていた。加えて、その絵自体もひとつだけ、ほかの絵とはテイストが違《ちが》うように感じられた。

「すっかりネットを外し忘れていましたね。お恥《は》ずかしい限りです」

「あの、これは……」

尋ねると、功さんは頭をかいた。

「いえね、こちらは梅を描いたものなんですけど、もし実が落ちてきたらと思って取りつけていたんですよ。といっても、現状では実はひとつもついていないわけなので、ほとんど負《ま》け惜《お》しみみたいなものですが」

「実、ですか……？」

功さんは、ええ、とうなずき、こんなことを話してくれる。

功さんの師匠《ししょう》は晩年に一枚の梅の絵を描き、功さんはそれを遺品として譲《ゆず》り受《う》けた。その完璧《かんぺき》な梅の絵は季節に応じて変化をし、花を咲《さ》かせたり葉を茂らせたりする。そして、この時期になると実をつけて、その実は絵から落ちてくる……。

「そんな師匠の境地に少しでも近づきたいと、ずっと試行錯誤《しこうさくご》しているんですが、これがなかなか」

話を聞いて、私は冗談《じょうだん》を言っているのだろうかと思った。が、功さんの表情は柔らかながらも真剣《しんけん》で、そんな風には見えなかった。

私の内心を察したように、功さんはつづけた。

「まあ、そうは言っても、なかなか信じられませんよね。せっかくなので、師匠の絵をお見せしましょう」

私は曖昧《あいまい》にうなずきながら、功さんのあとにつづいて別の部屋に移動した。

その部屋の壁《かべ》には、たしかに先ほどの功さんのものとよく似た梅の木の絵が掛《か》けられていた。

構図は、梅の木の上のほうを切り取ったもので、幹や枝が右下から左上に向かって力強く伸《の》びていた。その濃《こ》い茶色をした幹や枝には、明るい茶色や深い緑がまだらのようにのせられている。生い茂った葉の濃淡《のうたん》も美しかった。

ただ、先ほどの絵との明らかな違いが二つあった。ひとつは、目の前の梅の木には実がたわわについていたこと。もうひとつは、絵の下に取りつけられたネットの中に、実がたくさん入っていたことだった。

目を見開いたのは、そのときだった。絵の中の実のひとつが、ぽろっと枝を離れて下に落ちた。そしてそれは絵から抜《ぬ》けだし、設置されていたネットの中に収まった。

絶句していると、功さんは笑顔で言った。

「こんな具合なんですよ」

本当に実が落ちてくるなんて……！

私は当然ながら驚愕《きょうがく》した。が、好奇心《こうきしん》を刺激《しげき》されもして、なんだかワクワクしはじめた。

「あの……落ちた実は本物の実と同じ感じなんですか……？」

功さんは言う。

「少し異なるところもありますが、基本的には同じですよ」

「触《さわ》ってみてもいいですか？」

「もちろんです」

私は絵に近づいて、ネットの中の梅をひとつ手にした。それはほのかに赤みを帯びた黄色い実で、全体的に岩絵の具で着色したように淡かった。鼻を近づけるまでもなく、熟した梅の甘《あま》くてうっとりするような濃厚《のうこう》な香りも漂《ただよ》ってくる。

あることに気がついたのは、そのときだった。梅を回して見ていると、下のほうに小さいサイズで署名と朱色《しゅいろ》の印《いん》が押《お》されていたのだ。

じっと見ていると、功さんが言った。

「それは師匠の落款《らっかん》です。落款というのは、完成を示す署名と印のことですね」

「えっと、これって功さんが押したんですか……？」

「いえ、絵から落ちた梅には初めから押されているんですよ」

　おもしろいなぁと思いながら、私は言った。

「それにしても、すごい絵ですねぇ。本当に梅の実が落ちてくるなんて……」

「私も長年の試行錯誤のなかで、季節に応じて絵が変化するところまではなんとか到達することができました。ですが、どうしても実がつかなくて」

　功さんはつづける。

「私の絵に足りていないものなど、何かお気づきのことがあれば、ぜひ遠慮《えんりょ》なく教えてください」

　絵が変化するだけでも、十分すぎるほどすごいと思った。さらには、大ベテランの功さんがまだまだ挑《いど》もうとされていることや、自分などにも意見を求めてくれるご姿勢にも、背筋が伸びるような思いになった。

　だからこそ、適当にごさず、気づいたことがあればちゃんとお伝えしなければ……。

　そうして少し考えて、あっ、と思った。

「あの、どこまで関係しているかは分からないんですけど……」

「ぜひお願いします」

　ひと呼吸おいて、私は言った。

「先ほど功さんの絵を見せていただいているときに、あの梅の絵だけ雰囲気《ふんいき》が違うように感じたんです。本当に素敵《すてき》な絵だったんですが、ほかの絵のような功さんらしい感じとは違っていたと言いますか……すみません！　とんだ見当違いかもしれませんが！」

「ははぁ、なるほど」

功さんは笑顔で言って、考えるようなそぶりを見せた。

「……ありがとうございます。なるほどなるほど、とても参考になりました」

ホッとしていると、功さんが言った。

「ところで、梅はお好きですか？」

「はいっ、祖母や母の影響《えいきょう》で昔から大好きです。今でも毎年、実家から梅を送ってもらって自分で漬《つ》けたりするほどです」

功さんは、ほぅ、と目を細めながら口にした。

「よかったら、砂糖で煮《に》た梅の甘露煮《かんろに》があるんですが、いかがですか？」

「いいんですか!?　いただきたいです！」

そうしてアトリエに戻《もど》って待っていると、功さんは梅の甘露煮を持ってきてくれた。

私は楊枝《ようじ》で梅を崩《くず》して、口に運ぶ。見た目と同じように上品な甘酸《あまず》っぱい味が舌の上に広がって、濃厚な香りが鼻を抜けた。

しばらく一緒《いっしょ》に食べていると、功さんが言った。

「……私は、師匠の絵に近づこうとしすぎていたのかもしれませんね」

にこやかな表情で、功さんはつづけた。

「アドバイスのおかげで、肩《かた》の力が抜けたように思います」

「いえ！　とんでもないです……！」

そこからは、しだいに創作の話題に移っていって、やがてお暇《いとま》する時間がやってきた。

功さんは、「おみやげに」と師匠の絵から落ちた梅を袋《ふくろ》に入れて持たせてくれた。

「また遠くないうちに、ぜひ遊びに来てくださいね」

ぜひっ、と答えて、私はアトリエを後にした。


その後も、メールを中心に功さんとの交流はつづいた。

再びアトリエを訪《おとず》れたときには功さんの梅の絵はなくなっていて、そのことを尋ねると功さんは言った。

「あれは失敗作だったので、新たに挑戦《ちょうせん》しているところなんですよ」

その言葉に、もっと自分も挑まなければ、と私も大いに奮い立った。

一通のメールが届いたのは、出会って一年ほどがたった頃《ころ》のことだった。

――ちょっとしたものを送らせていただきましたので、よろしければお納めください。

なんだろうと思っていると、小ぶりのダンボール箱が家に届いた。さっそく開けると中にはたくさんの梅が入っていて、私は前にもらった師匠の梅をわざわざ送ってくれたのだろうかと考えた。

が、同封《どうふう》の手紙にはこんなことが書かれていた。

――まだまだ満足はしていませんが、ひとまず、なんとかここまで来られました。お口に合うといいのですが。

えっ、と心拍数《しんぱくすう》が跳《は》ねあがる。

功さんも、ついに境地に……!?

私は完成した梅の絵も早く鑑賞したいと思いながら、香り高い梅のひとつを手に取った。

そして直後、笑みがこぼれた。

その赤と黄色の淡く優しい風合いの梅には、「功」という落款が押されていた。

◉芒種　Boshu　6月5日－6月20日頃

穀物の種をまく頃で梅雨《つゆ》の訪れの時季。

「芒《ぼう》」とはイネ科植物の先端《せんたん》にある突起《とっき》のこと。

＊作品に登場する主な季節のもの＝トマト／キキョウ／カマキリ／アジサイ／梅

夏至

菖道

審判《しんぱん》からの試合開始の合図のあと、恵美《えみ》は緊張《きんちょう》しながら相手の出方をうかがった。紺色《こんいろ》の道着姿の恵美たちが対峙《たいじ》しているのはある庭園の木道で、周りではハナショウブが紫色《むらさきいろ》の美しい花を咲《さ》かせていた。

一回戦の相手は、恵美と同じ高二だった。去年のこの大会でベスト4に入った実力者だけれど、ここ数か月はケガで休んでいたらしく、今日が復帰戦だと聞いていた。本来の実力的には、向こうが上なのかもしれなかった。でも、この一年必死になって練習してきたのだから勝ち目はあるはず、と恵美は自分を奮い立たせる。

そのとき、目の前の面の奥《おく》で、相手の瞳《ひとみ》が鋭《するど》く光ったように感じた。直後、相手が素早《すばや》く右足を踏《ふ》みこみ前に出てきて、同時に右手に持った細長い葉を突《つ》き

だしてきた。そのゆるやかなカーブを描《えが》いた一メートルほどの葉の先は恵美の胴《どう》へと向かってきて、恵美は攻撃《こうげき》を防ぐべく、すかさず自分の葉を動かした。が、相手のスピードは想像以上で、気づけばあっという間に胴を突かれてしまっていた。

その瞬間《しゅんかん》、恵美の面の上についたアヤメのつぼみがパァッと開き、審判の旗が相手にあがる。

恵美は自分の感情をなんとか抑《おさ》え、規定のラインまですっと下がる。相手と同時に礼をしてから後ろのベンチに下がっていって、面を外す。面の上には先ほど咲いた美しい紫色の花があるも、それを観賞する余裕《よゆう》などなく、悔《くや》しさがこみあげてくる。

一本目、あっさり取られた……！

恵美は面のアヤメを新しいつぼみに替《か》えながら、少し離《はな》れたところにある観客席になんとなく視線をやった。ほかの試合の観戦者も多くいるなか、同じ部の友達《ともだち》の姿が目にとまって心強い思いになる。

心臓が飛び出そうになったのは、そのときだった。友達の近くに、ある人の姿を見つけたからだ。

大西先輩《おおにしせんぱい》……!?

先輩が見ていると思うと、緊張感はいや増した。でも、それ以上に力が湧《わ》いた。

次の一本を落としたら、後がなくなる。

でも、まだまだここからだ、と気合いを入れ直して二本目に向かう――。

恵美が〝菖道《しょうどう》〟という競技と出会ったのは、高校に入ってからのことだった。

友達から一緒《いっしょ》に菖道部に入らないかと誘《さそ》われて、ほかにやりたいこともなかった恵美はなんとなく入部した。

けれど、すぐにその奥深さのとりこになる。

菖道は〝和のフェンシング〟とも呼ばれていて、手にした剣《けん》で相手を突いたら勝ちというシンプルな競技だ。ただし、使用する道具はフェンシングとは少し異なる。

分かりやすいのが剣で、菖道では本物の葉を使う。アヤメ属のアヤメ、ハナショウブ、カキツバタの細長い剣状の葉の中から、自分に合ったものを選ぶのだ。

入部するまで、恵美は葉で戦うということに驚《おど》きながらも、葉なんかどれを使っても同じなんじゃ、と思っていた。が、アヤメ属の花を年中栽培《さいばい》している菖道の用品店に行ってみて、それは誤りだったと身にしみて感じる。

まず、強度やしなやかさなどの葉の性質は、アヤメとハナショウブとカキツバタで微妙《びみょう》に違《ちが》った。そしてその微妙な差が、使う人にとっての心地《ここち》よさや違和感《いわかん》につながることを恵美は知った。

加えて、同じ種類の葉でも、長さによって戦い方が変わってくることも教わった。長ければ長いほど葉先は相手に届きやすくなるものの、小回りはきかなくなる。短いものは、その逆という具合だ。

恵美は、どんな葉を使うことにするか迷いに迷った。

結果、用品店の店主にも相談にのってもらい、まずは多くの選手が使うスタンダードなもの——真ん中に一本の筋が通ったハナショウブの、一メートルほどの長さの葉を、相棒として使っていくことにしたのだった。

ただ、相棒といっても葉は使っているとそのうちくたっとなってくるので、頻繁《ひんぱん》に取《と》り換《か》える必要があった。だから、葉は一度にまとめて買っておいて花瓶《かびん》などで活《い》けておかねばならなかったのだけれど、くたっとなった葉を処分するときには毎回ちょっと心が痛んだ。

その気持ちを友達に話すと、「分かるよ」と同意してくれた上で、こんな答えが返ってきた。

「でも、竹刀《しない》とかバットとか、そもそもスポーツの道具には植物が使われてることも少なくないよね。葉の場合はそういうのよりはもっと直接的な感じだけど、気にしすぎる必要はないいんじゃないかな」

ただ、と友達はつづけた。

「植物の命を分けてもらってることは絶対に忘れちゃダメで、感謝の気持ちは常に持っておかないとね。私もさ、薙を使わせてもらう以上は、しっかりこの経験を自分の糧《かて》にしないとって思ってて。勝ち負けだけじゃなくて、薙道を通して自分自身を高めていかないとって。それこそが、薙道の精神だよね。まあ、今のは全部、先輩からの受け売りだけどっ」

友達は冗談《じょうだん》めかして笑ったけれど、その言葉を大切にしているんだなということが伝わってきた。

以来、恵美も同じことを意識するようになった。

私も命を分けてもらっている以上は、自分を高めることにつなげないと……。

命といえば、もうひとつ、面の上につけるアヤメのこともそうだった。アヤメのつぼみは薙先に取りつけたセンサーが身体《からだ》のどこかに触《ふ》れることで開花をし、勝敗が分かるようになっていた。一瞬にしてパァッと花が開く様子は競技の見どころのひとつだけれど、日《ひ》頃《ごろ》の道場での練習では基本的には何度も使える造花のつぼみを使っていた。一方、試合で使うのは本物のアヤメのつぼみで、恵美はいつも命に感謝しながら面につけた。

そんなこんなで、恵美は入部から一年、地道に練習を重ねてきた。基礎的《きそてき》な筋トレやフットワークにはじまって、薙を使った攻撃や守備の練習、他校との練習試合……。

今日の試合ではそうした日頃の成果が問われることになるので、気合い十分で臨《のぞ》んでいた。加えて、花が咲《さ》き誇《ほこ》る庭園での大会もこの時期だけの特別なもので、いっそう結果を残したい気持ちが強かった。

さらに恵美にはもうひとつ、結果を残さねばならない理由があった。

それは少し前のこと。

練習を終え、友達と一緒に道場から出たときだった。下校時間なのに外はまだまだ明るくて、帰りたくないなぁと思っていると、後ろから声が飛んできた。

「おっ、寺尾《てらお》ー」

振《ふ》り返《かえ》ると大西先輩がそこにいて、恵美の胸は高鳴った。先輩は男子菖道部のエースで、いろんな意味で憧《あこが》れの人だった。

「もうすぐ大会だよな」

話しかけられたうれしさと恥《は》ずかしさで、恵美がもごもごしていると、先輩は一拍《いっぱく》置いてこうつづけた。

「あのさ、おれ……寺尾のこと、応援《おうえん》してるから」

じゃ、と先輩は去っていくなか、恵美は頭が真っ白になる。

応援……？　先輩が、私を……!?

「へぇぇ、やったじゃん。先輩への想《おも》いが通じたねーっ！」

ニヤニヤする友達に、恵美はすかさず口にした。

「想いって、別に私はふつうにすごいなって思ってるだけだから！　そういうのじゃなくてさ！」

「いやいや、見てたらバレバレだから」

恵美はなおも友達に反論しつつも、こう思う。

これまでの自分の最高成績は、三回戦進出だ。

でも、今回は絶対、それ以上の結果を残す……！

二本目がはじまって、今度は恵美がすぐに仕掛《しか》けて相手の足を葉先で突くことに成功した。

勝敗は一対一になり、内心で「よしっ」とガッツポーズする。

さらに恵美は、勢いのまま三本目も連取した。

二対一。

試合は先に三本を取ったほうの勝ちで、あと一本を取れば勝利だった。

よしっ、よしっ！

けれど、心にすきが生まれたか、四本目は相手に取られ、二対二で並ばれてしまう。

次の一本で勝負が決まる……。

極度のプレッシャーを感じながらも、恵美は再び気合いを入れて新たなつぼみを面につける。

悔《く》いのないよう、とにかく力を出し切ることに集中しよう――。

そうして、ラストゲームが開始した。

相手は最初から慎重《しんちょう》な姿勢を見せた。恵美があえてすきをつくって誘ってみるも、仕掛けてはこない。かといって、こちらが攻撃しても見事な葉さばきでいなされて、もどかしい時間がつづいた。

どうしたら……。

事態が動いたのは、直後だった。相手が右足を踏みこむそぶりを見せたのだ。

恵美の頭には瞬時に一本目のことがよぎった。

相手を上回るスピードで動かないと、またやられる——。

ほとんど反射的にそう思い、胴に向かってくるであろう葉を払《はら》うための動作に入った。

が、相手のそれはフェイントだった。右足は踏みこむそぶりがあっただけで、実際には恵美が想定したタイミングでは踏みこまれなかった。そして、ワンテンポずらして相手は今度こそ踏みこんできて、すきの生じた恵美の腕《うで》に向かって葉を突きだした。

やばっ……！

そこから先の意識は、ほとんどない。

恵美は本能で腕を持ちあげ、相手の葉をかわしていた。そして、手首だけで自分の葉をひるがえし、一気に踏みこみ相手の面に突きつけた。

瞬間、その面の上にパァッとアヤメの花が咲いた。

何が起こったのか、自分でもよく分からなかった。が、少しずつ意識のピントが合ってきて、だんだん状況《じょうきょう》が分かってくる。

私、勝ったの……!?

相手は面の奥で悔しさをにじませた表情をしつつ、すっと下がった。それを見て、恵美も慌《あわ》てて後ろに下がる。

お互《たが》いに深く礼をして、ハナショウブの咲き誇る舞台《ぶたい》を後にする。


友達が駆《か》け寄《よ》ってきたのは、恵美が面を抱《かか》えて観客席まで戻《もど》ってきたときだった。

「やったね！」

恵美はホッとしつつも、いやいや、と返事をする。

「まだ一回戦だから……」

「でもだよ！　めちゃくちゃ強敵だったじゃん！　なんか勝手に誇らしいんだけど！」

ははっ、と軽く笑いながらも、恵美の気持ちは高揚《こうよう》していた。

自分はほんとに、あの人に勝ったんだ……。

そう思うと、自信が芽生える。

名前を呼ばれたのは、そのときだった。

「寺尾っ」

恵美が視線を向けると、大西先輩がそこにいた。

「試合、見てたよ。やったなっ」

「いえ……」

「練習も、ずっとがんばってたもんな。正直、かっこよかったわ」

ドギマギして何も返せないでいると、先輩は再び「あのさ……」と口を開いた。

「ちなみに、おれの試合、もうすぐなんだ。よかったら応援に来てくれないかな」

そして、先輩は少し視線をそらして、こうつづけた。

「いや、えっと……そしたら、なんか勝てそうな気がするっていうか……」

「えっ……?」

先輩は視線を合わせず、そのままそそくさと去っていった。

恵美は混乱してしまう。

初めから先輩の試合時間はチェック済みで、応援にも行くつもりだった。

でも、今のはどういう……?

すると、友達がニヤニヤしながら口にした。

「何きょとんとしてんの！　こんなのもう、両想い確定じゃん！」

「ええっ……!?」

ひどく動揺《どうよう》しながらも、恵美は言った。

「いや、だから、私は別にそういうのじゃ……！」

「この期《ご》に及《およ》んで、まだそんな！　これはもう、この力を借りなきゃだなー」

友達は目をランと輝《かがや》かせ、自分の葉を取りだした。そして、葉先でつんつんと恵美を突ついた。

その直後、恵美は現れた光景に観念し、先輩への想いを白状しだした。

腕に抱えた面の上では、負けを表すアヤメの花が美しい紫色をたたえていた。

◉夏至　Geshi　6月21日－7月6日頃

一年のちょうど真ん中で、最も昼間が長い日。

夏至を境に、暑さが増して本格的な夏がやってくる。
＊作品に登場する主な季節のもの＝ハナショウブ／アヤメ／カキツバタ

小暑
白銀の川

「ねぇ、パパはなんて書いたの？」

　娘《むすめ》からそう聞かれたのは、近所の神社の七夕《たなばた》祭りでのことだった。竹灯籠《たけどうろう》が並ぶなか、置かれた短冊《たんざく》に願い事を書きながら、おれは答えた。

「うん？　まあ、こんな感じだね」

　短冊を見せると、娘は首をかしげた。

「変なの。これが願い事？」

　自分にとってはもう長年の習慣だけど、そりゃそうだよな、とおれは思う。そういえば、妻にも昔おんなじように聞かれたっけ、と思いだす。

「そうだよ。これにはいろいろあって」

「なになに、教えて！」

「いや、あんまり褒《ほ》められた話じゃなくてね……」

そう言いながら、娘にさらにせがまれて、おれは観念して話しはじめる。

笹《ささ》の葉が、夏の夜風にサラサラ揺《ゆ》れる——。


あれは、パパが大学生のときの話でね。

あるとき、友達《ともだち》から泊《と》まりがけでラフティングに行こうって誘《さそ》われたんだ。

ラフティングっていうのは、ゴムボートにみんなで乗って激しく流れる川を下る遊びなんだけど、パパはやったことがなくて。でも、興味はすごくあったから、行ってみることにしたんだよ。

その日は友達の運転する車に乗って、山奥《やまおく》のキャンプ場を仲間六人で訪《おとず》れてね。テントを張ってバーベキューを楽しんでるうちに、気づけば夜になってて。ラフティングはてっきり次の日だろうって思ってたんだけど、そのとき、誘ってくれた友達が言ったんだ。これから行こうって。

夜の川は危険だろうし、その友達以外はみんな耳を疑った。でも、いいからいいからって急《せ》かされて、先にレンタルしてたライフジャケットとかヘルメットを身につけることになって。

そうして連れていかれたのは、どういうわけか川じゃなくてキャンプ場の中の広場でね。今みたいに笹がたくさん飾《かざ》られてて、ああ、今日は七夕だったななんて思ってたら、他にもラフティングの恰好《かっこう》をした人が集まってきて。

友達が口を開いたのは、そのときだった。

「ほら、見てみなよ」

友達は上を指さして、パパたちはよく分からないながらも、いっせいに空を見上げた。

息をのんだのは、その瞬間《しゅんかん》だった。

そこには、夜空を横切る壮大《そうだい》な白銀《はくぎん》の帯があったんだ。

そう、天の川だ。

「ラフティングは、あの天の川でやるんだわ」

友達のそんな言葉に、パパたちはポカンとしたよ。でも、そのうちやってきたパパたちのグループのガイドさんも、まったく同じことを口にしてね。

それでもやっぱりみんな混乱してるなか、ガイドさんはこう言った。

「それじゃあ、行こうか！」

次の瞬間、ぐるんと天地がひっくり返るような感覚があって。気づいたときには、みんなで知らない場所に立ってたんだ。

目の前に流れてたのは、川だった。

けど、ふつうの川じゃ全然なかった。

白銀色に光る川だったんだ。

あたりは真っ暗だったけど、その川の光のおかげで足元はぼんやり見えて、パパたちは石の転がってる岸に立ってることが分かった。川辺には光るトンボとかチョウも飛んでてね。

誘ってくれた友達のほうを見ると得意げで、ちょっと悔《くや》しさもあったけど、自然とこう感じてた。本当に天の川に来たんだって。

そこからは一気に気分が高まってきて、早くラフティングをやってみたくてたまらなくなった。みんなでガイドさんの安全講習を受けてから、天の川の岸に浮《う》かんだゴムボートに乗りこんだんだ。

「さあ、準備はいいかな？」

パパは左の先頭の担当だった。

「じゃあ、漕《こ》いで！」

ガイドさんの合図で、パドルを漕いで出発した。

最初は流れが穏《おだ》やかで、みんなで「いちっ、にっ、いちっ、にっ」って声を出しながら漕いで進んでいって。

激流が現れたのは、しばらくしてのことだった。ごぉごぉと音がしはじめて、先のほうで白銀色の光が渦《うず》を巻いたりしぶきを上げたりしてるのが見えてきたんだ。なんだかすごく神秘的で、宇宙の誕生を見てるような気持ちにもなったね。

その激流の中に入っていくと、ボートはひどく揺《ゆ》れだして。ガイドさんの指示で、騒《さわ》ぎながらみんなで漕いだり、パドルを引っこめてから、落ちないようにボートのロープにつかまったり。

なんとか乗り切ったあとは、みんなでパドルを掲《かか》げてハイタッチをしたりもして。その頃《ころ》には、浴びたしぶきで全身が白銀色に光ってて、星まみれって感じになってて笑ったよ。

そうやって何度か激流を越《こ》えるうちに、少しずつ余裕《よゆう》も出てきてね。

そのうち、流れが緩《ゆる》やかになったところでガイドさんから「ぜひ周りを見てみて」って言われて。それまではずっと目の前の川ばかりに気を取られてたんだけど、周りをぐるりと見渡《みわた》してみてびっくりした。右も左も頭の上も、たくさんの星で埋《う》め尽《つ》くされてたんだ。

呆然《ぼうぜん》とするパパたちに、ガイドさんが星座のことを教えてくれて。あのあたりには北斗《ほくと》七星《しちせい》を含《ふく》んだおおぐま座があるよ、とか。あのあたりには、はくちょう座や、わし座、こと座があるよ、とか。そのあとで、ガイドさんは笑いながらこんなことを口にしたんだ。

「ただ、今日は、わし座とこと座は不完全な形だけどね」

パパは最初、意味がよく分からなかったんだ。そうしたら、友達が「アルタイルとベガですね！」って声をあげて。

それでようやく、パパもピンと来た。

というのも、わし座のアルタイルっていう星は彦星《ひこぼし》のことで、こと座のベガっていう星は織姫《おりひめ》のことなんだ。ほら、その日は七夕だったって言ったよね。ってことは、彦星と織姫が一年に一度だけ会える日なわけで。だから、わし座とこと座からは星がひとつずつ抜《ぬ》けて不完全な形になってるっていうことかって分かったんだ。

まあ、そのときは、ガイドさんもシャレたことを言うなぁくらいにしか思ってなかったんだけどね。

ともあれ、パパたちはそのあとも、みんなでワイワイ天の川下りを楽しんで。

でも、一番の激流だってところに差《さ》し掛《か》かったときに大変なことが起こってしまって。

いま思うと本当にとんでもない話なんだけど……激しい流れの中でガイドさんからロープにつかまるように言われたときに、パパはスリルを味わいたくなって、わざとつかまらなかったんだ。落ちたところでライフジャケットを着てるから大丈夫《だいじょうぶ》だろうって、勝手に自分で判断してね。

ボートが大きく跳《は》ねて川に投げだされたのは、直後だった。

そこまでだったら、まだすぐに助けてもらえてたかもしれなかった。でも、パパはもうひとつ、致命的《ちめいてき》なことをしてしまってて。その少し前にヘルメットのあご紐《ひも》がきつく感じて、ガイドさんから言われてた目安よりこっそり緩めてしまってたんだ。

事故はそういうときに起こるもので、川に投げだされた拍子《ひょうし》にヘルメットは外れてしまって、パパは岩に頭をぶつけて。そのまま意識が遠のいて……。

次に目を開けたときには、岸に横たわってた。

友達が「気づいたぞ！」って騒ぐなか、ガイドさんは身体《からだ》の状態をチェックしてくれてから、パパが溺《おぼ》れる寸前だったことを教えてくれて。

自分のしたことを思いだして後悔《こうかい》しかなかったし、ガイドさんからもひどく怒《おこ》られたよ。友達にも何度も謝って。

肝心《かんじん》なことに気づいたのは、そのあとだった。助けてもらったお礼がまだだったと、パパはガイドさんに感謝の言葉を伝えに行ったんだ。

すると、ガイドさんはこう答えて。

「いや、救助したのはぼくじゃないよ。ぼくより早く対応してくれた人がいたからね」

えっ、と固まってると、ガイドさんはつづけた。

「助けたのは、ちょうど天の川を渡ってた彦星さんだよ。織姫さんも介抱《かいほう》してくれてね」

パパはその二人が実在することに驚《おどろ》きながらも、感謝を伝えないとって二人の居場所を聞いたんだ。

でも、ガイドさんには分からないってことだったし、よくよく考えてみると、年に一度の大切な日をこれ以上邪魔《じゃま》したらダメだと思って、パパは心のなかで深く感謝するにとどめたってわけなんだ――。

「……とまあ、そんなことがあってね。あの日のことは楽しかったのも事実だけど、途中《とちゅう》からは思いだすと心臓がきゅっとなるよ」

話し終え、娘はしばらくのあいだ無言だった。

やがて口にしたのは、こうだった。

「……パパ、ダメダメじゃん！」

反論の余地はなく、「ほんとにね……」と苦笑《くしょう》する。

そのあとで、おれは言った。

「で、パパの書いた願い事の話だけど……そんなことがあってからなんだよ、パパが短冊にこう書くようになったのは。あのお二人はパパの命の恩人だけど、恩を返す方法がないから、せめてこう願わずにはいられなくって」

ふーんと言う娘の横で、おれは短冊を笹につるした。

それは夏の夜風にひらひら揺れて、こんな文字が見《み》え隠《かく》れする。

――彦星さんと織姫さんが、ずっと幸せでありますように。

◉小暑 Shosho 7月7日－7月22日頃

梅雨《つゆ》が明けて、夏が到来《とうらい》する頃。

＊作品に登場する主な季節のもの＝七夕／天の川／はくちょう座／わし座／こと座／アルタイル／ベガ

大暑 サマードーム

安井《やすい》さん、ちょっと雰囲気《ふんいき》が変わったかも？

陽子《ようこ》がそう思いはじめたのは、ここ最近のことだった。

安井さんは陽子が勤めるホームに入居する老齢《ろうれい》の男性で、いつも仏頂面《ぶっちょうづら》をしていて人を寄せつけないものがあった。話しかけてもそっけない反応が返ってくることがほとんどで、陽子も心の距離《きょり》を感じていた。

けれど、そんな安井さんの表情が、この頃《ごろ》なんだか少し柔《やわ》らかくなったように感じたのだ。

何かあったのかな……。

その理由が判明したのは、しばらくしてのことだった。

あるとき、安井さんの部屋を訪《おとず》れて、陽子はテーブルの上に見慣れないものを発見した。それは手のひらに載《の》るくらいの大きさの透明《とうめい》なドーム状のもので、スノードームのように見えた。が、中には何も入っておらず、何だろうと首をかしげた。

「あの、これは……」

興味本位で尋《たず》ねると、安井さんは一瞬《いっしゅん》だけこちらを見て、ぶっきらぼうにこう言った。

「サマードームだ」

「サマーって、夏ってことですか？　でも、何も入ってないですけど……」

すると、安井さんはいかにもめんどくさそうなそぶりで近づいてきた。そして、そのサマードームというものをひっくり返すと、すぐに元《もと》に戻してテーブルの上に置いた。

陽子が目を見開いたのは、直後だった。

何もなかったはずのドームの中に、日本家屋の縁側《えんがわ》のジオラマが現れていたからだ。そこには、うちわを手にした四十代くらいの女性の人形が腰《こし》かけていた。

さらに驚《おどろ》いたのは、次の瞬間のことだった。

縁側に吊《つ》るされていた風鈴《ふうりん》が揺《ゆ》れ、ちりん、と涼《すず》やかな音を立てたのだ。蚊取線香《かとりせんこう》の匂《にお》いも漂《ただよ》ってきて、よく見ると、縁側に置かれた蚊取線香からうっすらと煙《けむり》が立ちのぼっていた。

「分かったか？　こういうことだ」

陽子は呆然《ぼうぜん》としながらも、あれこれ尋ねずにはいられなかった。安井さんは、そっけなくも一応は答えてくれる。

それによると、サマードームにはその名の通り、夏が閉じこめられているらしかった。景色は同じものが現れる場合もあるものの、ひっくり返すたびに切《き》り替《か》わり、ひっくり返さず放っておけばそのうち自然と消えるという。消えるまでのあいだは目で見て楽しめるだけでなく、どういう仕組みか音や匂いも楽しめる……。

このサマードームを、安井さんは少し前にホームで開催《かいさい》された夏祭りの出店《でみせ》で買ったのだと口にした。陽子はそんな店に覚えはなかった。が、ここ最近の安井さんはどこにも外出してないはずで、身寄りがない安井さんには面会者がいないこともあり、人からもらったという路線も考えがたく、やっぱり店があったんだろうかと考える。

その真偽《しんぎ》は不明だったが、とにもかくにも、最初の驚きが収まると陽子はこう口にした。

「この感じ、なんだかすごく落ち着きますね……」

「落ち着く？　あんたには、別になじみがないだろうが」

どうせ適当に話を合わせているだけだろう。そう言いたげな安井さんに、陽子は、いえ、とかぶりを振《ふ》った。

「私、おばあちゃんっ子で、子供の頃はこんな感じの家でよく過ごしてたんです。かき氷を食べたり、スイカの種を飛ばしたり、夕涼みをしたり……風鈴の音も蚊取線香の匂いも大好きなので、久しぶりに触《ふ》れられてうれしくなりました」

安井さんは意外そうな表情を浮《う》かべつつも、すぐに言った。

「……ふん、だが、これはあんたの思い出の場所じゃない」

そっぽを向いた安井さんに、陽子は苦笑《くしよう》しながら自分の用事に取りかかる。そのあいだ、安井さんはずっとサマードームを愛《め》でるように眺《なが》めていて、陽子は思う。

なるほど、最近の変化の理由は、このサマードームだったのか――。


それからも、陽子はときどき安井さんにお願いして、サマードームを見せてもらった。それにはサマードームを介《かい》して安井さんとコミュニケーションを図《はか》る意味合いもあったけれど、純粋《じゆんすい》に惹《ひ》かれたことのほうが大きかった。

あるときは、自室でそれをのぞきこんでいた安井さんに陽子は尋ねた。

「今日はどんな光景が見られるんですか？」

安井さんはわざとらしく顔をしかめながらも隣《となり》を空けてくれ、陽子は中をのぞきこむ。

そこに広がっていたのは、黄色の連なり――ひまわり畑だった。空には入道雲が浮かんでいて、ゆっくりと横に流れている。

眺めていると、陽子も今まさにひまわり畑に立っているかのような気持ちになってくる。自身の思い出もよみがえり、心が弾《はず》む。

そのとき、雲の色がにわかに黒くなってきた。湿《しめ》った土の匂いが漂いはじめ、雨がぽつりぽつりと降ってくる。それはすぐに激しくなって、夕立だ、と陽子は思う。

雨は程《ほど》なくして上がり、空は青さを取り戻す。

差しこむ西日が、ひまわり畑をオレンジ色に染めあげる――。

またあるときは、談話室で出くわした安井さんに、あとでサマードームを見せてほしいとお願いしてみた。すると、安井さんはポケットから取りだして「ほら」と言った。

「他のもんに見つかると面倒《めんどう》だからな。見たいなら、さっさと見てくれ」

その言い方は、いつも通りそっけなかった。が、まんざらでもない感じがにじんでいて、陽子はなんだかうれしくなる。

そうしてサマードームをひっくり返して元に戻すと、中にはビーチが現れていた。波がザザーッと音を立てながら寄せては返し、潮の匂いが鼻をくすぐる。

ビーチには、いま棒を振りあげてスイカを割ろうとしている小さな若者たちの姿があった。彼《かれ》らが動くことはないものの、ワイワイしている声が聞こえてくる。スイカのそばを、大きなカニが横切っていく――。

思わぬ事実を知ったのは、ある日、陽子が安井さんからサマードームを貸してもらったときのことだった。そこに現れたのは雑木林《ぞうきばやし》で、蟬時雨《せみしぐれ》のなか一人の少年が木の幹をじっと見つめていた。

「何してるんだろ……」

　つぶやいた陽子に、安井さんが言った。

「クワガタを探してるんだ。そいつは昔から、クワガタ捕《と》りだけはうまくてな」

「そいつ……？　えっ、この人をご存じなんですか……？」

　安井さんは一瞬、しまった、という感じで顔をゆがめた。が、少しの間のあと、観念したように口を開いた。

「まあ、サマードームに現れるのは、おれの思い出にもとづいた光景だからな……」

　そうだったんだと驚くと同時に、秘密を教えてもらえたことに心がこそばゆくなる。

　もうひとつ、その事実を知って気になりはじめたことがあった。サマードームには、年齢はさまざまながらも同じ女性がよく現れていたのだ。

　あの女性も、やっぱり安井さんと関係してる人なのかな……。

　それが明らかになったのは、少したってからのことだった。いつものようにサマードームをのぞきこむと、土手が現れていた。そして、そこには二十代ほどのあの女性が浴衣《ゆかた》姿で立っていて、陽子は思わず口にした。

「あっ、また……」

　すると、安井さんはぼそっと言った。

「……それは若い頃のうちのやつだ。もうずいぶん前に逝《い》っちまったが」

安井さんはつづけた。

「おれも早く、あっち側に行きたいもんだ」

何とも答えられないでいると、サマードームに花火が上がった。

赤や青、緑の大輪が咲《さ》くなかで、その女性は夜空を楽しげに見上げていた。

ドーン、ドーンと大きな音が響《ひび》き渡《わた》る。

安井さんからサマードームを渡されたのは、ある日、部屋を訪れたときだった。

「これは、あんたがもらってくれ」

わけが分からずポカンとしながら、陽子は尋ねた。

「えっと、それはどういう……」

「そのままの意味だ。あんたにやる」

困惑《こんわく》して返そうとするも、安井さんは頑《がん》として受け取らなかった。

「やると言ったら、やる」

「いえ、でも、すごく大事なものですよね……？」

「だからだ」

いくら聞いても安井さんはちゃんとした説明をしてくれず、陽子はただただ戸惑《とまど》いながらもいったん預からざるを得なかった。

安井さんが急な病で帰らぬ人となったのは、その数日後のことだった。

陽子は絶句し、頭が真っ白になった。

安井さんがご自身のことをどこまで予期していたのかは、今となっては知りようがない。が、いずれにしても、預かっていたサマードームは安井さんの形見となった。

それから数週間ほどがたった頃のことだった。

まだまだ安井さんのことが色濃《いろこ》く残るなか、陽子が久しぶりに家でサマードームをのぞきこんでみたとき、現れた光景に既視感《きしかん》を覚えた。

直後、陽子は気づいた。それはいつか見た土手だということに。

そういえば、同じ光景も現れるって言ってたな……。

ただ、前とは違《ちが》うところがひとつあって、陽子は胸がしめつけられるような思いになった。

土手にはあの女性の姿があったのだけれど、彼女《かのじょ》は一人ではなかったのだ。

そのとき、ドーン、ドーンと赤や青、緑の花火が次々と夜空に上がりはじめた。

陽子は思う。

別れは寂《さび》しく、できれば訪れてほしくなかった。

でも、この光景が見られたのは、よかったな――。

浴衣姿のその女性の隣では、ある人物が夜空の花火を見上げていた。見覚えのある仏頂面を浮かべた、でもどこか幸せそうな、甚兵衛《じんべえ》姿の若い男性が。

◉大暑　Taisho　7月23日－8月6日頃

暑さが最も厳しくなる夏本番の頃。

＊作品に登場する主な季節のもの＝風鈴／蚊取線香／かき氷／スイカ／ひまわり／夕立／クワガタ／浴衣／花火

秋
AUTUMN
BENIYA
祭
SALE

立秋
お盆の夜

——ねぇ美菜《みな》、お盆《ぼん》の日にさ、お祭りに行かない？
夏休みにそんなメッセージが香織《かおり》から届いて、私はうれしくなった。
香織は家が近くて小さい頃《ころ》から仲が良く、しょっちゅう二人で遊んでいた。でも、中学生になってから、一緒《いっしょ》に過ごすことはほとんどなくなっていた。理由のひとつは、香織がソフトテニス部に入って忙《いそが》しくなったこと。もうひとつは、そのソフトテニス部で大活躍《だいかつやく》している香織に引け目を感じて、なんとなく話しかけづらくなったことがあった。
けれど、この春にハルカさんからもらった〝ヒトノトウ〟を食べてから、私は誰《だれ》かと比べるとかじゃなく、自分は自分だと思えるようになった。すると気分がラクになり、香織とも前みたいにふつうに話せるようになったのだった。

そんな香織からの久しぶりの誘《さそ》いに、私はすぐに返事をした。

——いいね、行こう行こう！　どこのお祭り？

香織からは笑顔《えがお》のスタンプが来たあとで、こう届いた。

——紅屋《べにや》だよー！

瞬間《しゅんかん》、私は「うん？」と首をかしげた。香織が文章を打《う》ち間違《まちが》えたのかと思ったからだ。

——えっと、もしかして間違えてる……？

——ううん、合ってる、紅屋のお祭り！

意味が分からず、私は困惑《こんわく》してしまう。

紅屋というのは町のデパートで、私も小さい頃からよく行っていた。お盆の日には屋上でお祭りが開かれるのが恒例《こうれい》で、屋台をめぐったり盆踊《ぼんおど》りの輪に加わったりするのが大好きだった。

でも、その紅屋は二年ほど前——私が小学生のときに老朽化《ろうきゅうか》が原因で閉店した。建物はしばらく残っていたけれど少し前に取《と》り壊《こわ》されて、今は更地《さらち》になっていた。

……と、そこまで考え、私はあっ、と思った。その更地でお祭りが開かれるということか、と。

直後、香織から重ねてメッセージが届いた。

——じゃ、私は部活終わりに行くから、紅屋の前で待ち合わせってことで。

がぜん楽しみになってきて、私は「はーい！」と返事を送った。

けれど、お盆の日、紅屋の跡地《あとち》に足を運んで呆然《ぼうぜん》とした。

そこには取り壊される前と同じ建物があり、たくさんの人が中に入っていっていたからだ。

そのとき香織がやってきて、私は混乱しながら、どうして建物があるのかと香織に尋《たず》ねた。

「いいリアクション。誘った甲斐《かい》があったよー」

香織は笑って、言葉を重ねた。

「紅屋はね、お盆でこっちに帰ってきたんだ」

「帰ってきた……？」

香織はうなずき、こんなことを話してくれる。

お盆というのは、あの世に行った魂《たましい》がこの世に帰ってくる日だけれど、それは何も人に限ったことじゃなく、物にも当てはまるのだ、と。特に長年大事にされてきたような物には魂が宿りやすく、その魂は物が失われたあとにあの世へ行く。そして、条件さえ整えばお盆の日に帰ってきて、実体化することもあるという。

「紅屋のこと、みんな大好きだったじゃん？　だから魂が宿ったんだって、父親が言ってた。あっ、うちの父親、紅屋をお迎《むか》えするための実行委員をやっててさ」

ちなみに、と香織はつづけた。

「魂が宿った物なら何でもかんでもお迎えできるわけじゃないらしくて。建物の魂なんかはまさにそうで、もともと建物があったところに別のものが建ってたりしたら複雑で、たとえお迎えできたとしても実体化は基本的には難しいんだって。で、紅屋の跡地にはまだ何も建ってなかったから話は早くて、昨日はここで迎え火を焚《た》いてお迎えしたって感じみたい。あとは、ほら、精霊馬《しょうりょうま》と精霊牛も」

香織は建物の入口あたりを指さした。そこにはキュウリの馬とナスの牛が置かれていて、キュウリの馬は速くこの世に来られるように用意され、ナスの牛はゆっくりあちらへ帰れるように用意されるものなのだと教えてくれる。

話を聞いて、私は当然ながらびっくりした。

建物に魂があって、あの世からお迎えすることができるだなんて……。

でも、事情が分かると驚《おどろ》きよりも懐《なつ》かしさのほうが上回り、居てもたってもいられなくなった。

「あのさ、これって私たちも中に入れるってことでいいの……？」

「うん、実行委員がお店を出してる屋上以外では何も買えないし持ちだせないみたいだけど、送り火を焚くまでの間はふつうに出入りできるって。上の階にいるときとかにいきなり建物が消えたりもしないから、安心して大丈夫《だいじょうぶ》だよ」

笑う香織と一緒に、私は紅屋に足を踏《ふ》み入《い》れた。

一階の化粧品《けしょうひん》フロアは閉店する前とまったく同じで、本当に紅屋に来たんだとしみじみ感じた。

あれっ、と思ったのは、エスカレーターで三階のファッションフロアに上がったときのことだった。降りてすぐのお店に立っていたマネキンが、見覚えのある辛子色《からしいろ》のカーディガンを着ていたのだ。

思わず立ち止まった瞬間に、あっ、と気づいた。その秋モノのカーディガンは母親が持っているのと同じもので、私の心は一気に過去へとさかのぼる。

あれは小学校の低学年の頃だっただろうか。買い物にやってきていたとき、母親はこのマネキンが着ていたカーディガンが気になると言ってお店に入った。が、母親は売り場にあった他の色違いのものと迷いだし、私は長い時間待たされた。途中《とちゅう》からは我慢《がまん》ができなくなってラックに掛《か》かった服の間にもぐりこんで探検ごっこをはじめたものの、母親に見つかりこっぴどく怒《おこ》られた……。

「どうかした？」

香織に聞かれてハッとして、私は簡単にカーディガンのことを説明した。

「なんで同じものがあるんだろ……」

香織は言った。

「ここに並んでるものには、紅屋自体が持ってるその人との記憶《きおく》が反映されてるらしいよ。だから、見えてるものは人によってちょっと違うんだって。美菜が言ってるカーディガンも、私にはぜんぜん別の服に見えてるよー」

「そうなの……!?」

愕然《がくぜん》としながらも、さっきからの疑問が解消される。

ここまで来る間、どのフロアでもお店に立ち寄っている人が多くいた。一番の目的は屋上でのお祭りのはずだし、商品を見たところで買えないのに、なんでだろう……。

そう思っていたけれど、なるほど、と理解する。

みんな、自分にとっての懐かしい何かが見えてるんだ……。

そのことが分かってから、私は各フロアで少しだけ寄り道をした。

五階の子供服売り場では、私が初めて自分だけで選んで買ったTシャツが目立つところに置かれていた。それはおどけた顔のタコが描《えが》かれたTシャツで、家族からは微妙《びみょう》じゃないかと言われたけれど私は意志を貫《つらぬ》いた。が、友達《ともだち》からの評判もすこぶる悪く、タンスの奥《おく》にすぐにしまうことになったのだった。

私は当時のことを思いだして苦い気持ちになりつつも、今となっては笑えるなぁと、ひとり思う。

六階の本屋さんには、小学生の頃によく読んでいた児童書が並んでいた。

この本のシリーズに出てきたお菓子《かし》が食べたくて、お父さんとがんばって作ったなぁ……。

七階のレストランフロアでは家族でよく行っていた洋食屋さんを発見して、好きだったそのお店のトマトチーズハンバーグの味が口の中によみがえる。

そのとき、どこからか二人の少女が駆《か》けてきて、私たちの前で立ち止まった。

直後、私は目を見開いた。片方の子が、昔の自分にそっくりだったからだ。

「なんか、私みたいなんだけど……！」

戸惑《とまど》いながら視線を向けると、香織も目を丸くしていた。

「そっか、そっちの子は美菜なんだね……！　言われてみると、めっちゃ面影《おもかげ》ある」

「えっ、じゃあ……」

「うん、こっちは小さい頃の私だね……いつか一緒にお祭りに来たときの姿が出てきてるのかなぁ」

感慨深《かんがいぶか》そうに香織はつづける。

「ってか、紅屋はこんな昔のことまで覚えてくれてるんだねぇ。この調子なら、閉店するまでにここに来たときの私たちの姿、ぜんぶ覚えてくれてそう」

紅屋が自分のことをよく覚えてくれていることは、各フロアで見てきた光景だけでも十分すぎるほど伝わってきていた。それに加えて自分自身の姿まで目の当《ま》たりにして、私の中でいっそう温かいものがじんわり広がる。

少女たちが笑いながら走りはじめたのは、そのときだった。

弾《はず》む心で、私は言った。

「行こう！」

香織と一緒に、少女たちを追いかける。

たどりついたのは屋上だった。

焼きそば屋に、かき氷屋。金魚すくい屋に、くじ引き屋……。

秋風にのってソースやしょうゆの匂《にお》いが漂《ただよ》ってくるなか、にぎわいの中心にはやぐらも設置されていた。その上ではドンドンと太鼓《たいこ》が打ち鳴らされて、周りでは人々がリズムに合わせて思い思いに盆踊りを踊っていた。

少女たちもさっそくその輪に加わって、手足を動かし全力で踊りはじめる。

必死な様子に、私は思わず微笑《ほほえ》んだ。

と同時に、少女たちの姿を見つめるうちに、ある事実が改めて胸に迫《せま》った。

紅屋は本当にいろんなことを覚えてくれてる……でも、持ってる記憶は閉店した二年前で止まってるんだ……。

そう思うと、なんだか寂《さび》しさがこみあげてきた。

でも、直後には、だからこそやるべきことがあるんじゃないかと考えて、私は言った。

「ねぇ香織、あの二人に負けてられなくない!?」

香織は「だね！」とうなずいた。その表情からは、私と同じ考えを抱《いだ》いていることが自然と伝わってくる。

そうして私たちは盆踊りの輪に加わって、一心不乱に踊りはじめた。

大好きだったこの紅屋に、あちらへ持って帰ってもらえるように。

私たちとの、新たなお盆の夜の記憶を。

◉立秋　Risshu　8月7日－8月22日頃
暦《こよみ》の上では、この日から秋となる。
夏の暑さはまだ厳しいが、秋の気配が漂いだす頃。
＊作品に登場する主な季節のもの＝お盆／盆踊り／迎え火／精霊馬・精霊牛／タコ

処暑
マツムシズ

きれいな声が聞こえるなぁ……。

信也《しんや》がそう思ったのは、ある日の夕方、犬の散歩で河川敷《かせんしき》を歩いていたときだった。

リッ、リー、リッ、リー。

リッ、リー、リッ、リー。

そんな虫の鳴き声が草むらから聞こえてきて、マツムシだ、と立ち止まってその音色に聞き入った。

一匹《いっぴき》の虫がぴょんと飛びだしてきたのは、直後だった。それはくだんのマツムシで、リッ、リーと周りのマツムシよりもひときわ大きな、そして美しい音色を響《ひび》かせはじめた。

不思議と逃《に》げることはなく、むしろ少しずつ信也のほうへと近づいてきた。

なんだか親近感がわいてきて、信也は「おいで」と手を差しだした。すると、マツムシはまるで言葉が分かっているかのような様子で手のひらにぴょんとのっかってきた。

飼おう、と思ったのはじつに自然な流れだった。信也は家に持ち帰り、飼育ケースの中から聞こえてくる鳴き声に聞きほれる毎日を送りはじめた。

家のチャイムが鳴ったのは、それからしばらくたったある夜のことだ。

信也は気にせずリビングで過ごしていた。が、やがて母親から呼ばれて玄関《げんかん》に行くと、スーツ姿の三十代ほどの男の人が立っていた。

「あなたが信也さんですね。はじめまして、一之瀬《いちのせ》といいます」

戸惑《とまど》いながらも挨拶《あいさつ》を返すと、母親が言った。

「一之瀬さんはね、音楽事務所でマネージャーをされてるらしいの。それで、スカウトに来たんだって」

「スカウト……？」

信也はわけが分からなかった。自分は音楽などやってないし、歌の才能があるとも思えない。

すると、一之瀬さんは言った。

「どうでしょう。私に預けてくださいませんか？　信也さんのマツムシを」

「マツムシ……？」

一之瀬さんは、ええ、とうなずく。

「たまたま通りかかって耳にしたんです。二階から聞こえてくる虫の鳴き声を。衝撃《しょうげき》が走りました……マツムシ多しといえど、こんなにも美しい音色を聞いたのは初めてです。虫合わせなどすれば、絶対王者となるのは間違《まちが》いありません。おっと、虫合わせというのは、捕《つか》まえてきた虫の鳴き声などを競い合う古くからの遊びのことでして……それはさておき、彼《かれ》にはすさまじい才能があります。同族のメスにアピールする以上のものが、確実に。神の声ともいえると、私は思っています」

戸惑う信也に、一之瀬さんはさらに熱っぽく語りつづける。

もし預けてもらえるならば、マツムシの生活面のことはもちろん、彼の才能を世間に知らしめるためのあらゆることを全力でやらせてもらう。直近の目標はメジャーデビューで、まずはレコード会社に売《う》り込《こ》んで契約《けいやく》を目指す。それと並行《へいこう》し、ライブでの実績も積み重ねていく……。

「もちろん、信也さんにはそれなりのお礼も用意させていただきます。どうか、お預けいただけないでしょうか」

一之瀬さんの話しぶりは丁寧《ていねい》で、信也は好印象を抱《いだ》いたし、マツムシの声を多くの人に聞いてもらいたくもあった。が、正直なところ、そもそも不可能なんじゃないかと思った。

「あの、でも……マツムシの寿命《じゅみょう》は二、三か月くらいですよね？　それでデビューは、さすがに無理なんじゃ……」

遠慮《えんりょ》がちに言うと、一之瀬さんはうなずいた。

「おっしゃる通り、厳しさは覚悟《かくご》しています。ただ、私は逆に気合いが入っています。それに、活動期間と音楽的な成功は、必ずしも関連しないと考えています」

そのとき、母親が横から言った。

「ほら、一之瀬さんもこうおっしゃってるし、預けたら？　お礼もいただけることなんだしさ」

母親は明らかにお礼のほうに反応しているなと思いつつ、一之瀬さんの本気を感じて信也は言った。

「分かりました。ぼくもこの声をみんなに聞いてほしいので……お願いします！」

「いいんですか！　ありがとうございます！」

隣《となり》で、母親のよしっ、という小さな声が聞こえるなか、信也はマツムシを取りに行った。

それからの信也は、一之瀬さんからときどき母親を通じて連絡《れんらく》をもらった。その報告によると、レコード会社との契約もライブの開催《かいさい》も苦戦しているようだった。

信也は複雑な気持ちになる。マツムシの実力も一之瀬さんの想《おも》いも分かっていたものの、やっぱりそう上手《うま》くはいかないよな……と。

そんなあるとき、信也は一之瀬さんからライブをするという連絡をもらい、ワクワクしながら足を運んだ。

場所は駅前の路上で、マツムシは置かれた台の上のプラスチックの虫籠《むしかご》のなかで、リッ、リー、リッ、リー、と美しく鳴いていた。が、人通りは多いのに、立ち止まって聞いているのは信也と一之瀬さんだけだった。

「……もどかしい日々がつづきますが、私は絶対にあきらめません」

一之瀬さんは遠くを見つめながら、そう言った。

しかし、一之瀬さんからの続報はだんだん届かなくなり、マツムシの季節は終わってしまった。

ダメだったんだな……。

信也は胸が痛んだけれど、そのうち少しずつ忘れていった。

思わぬことが起こったのは、二年の月日が流れた秋のことだった。

部屋で動画サイトを見ているとオススメ欄《らん》に一本の動画が現れて、信也はなんとなく見はじめた。映っていたのはライブハウスで、どういうわけかステージは草むらのようになっていた。

次の瞬間《しゅんかん》、信也は耳を疑った。

リッ、リー、リッ、リーというマツムシの美しい音色が聞こえてきたからだ。さらにはマイクを通じてほかのマツムシたちの声も聞こえはじめる。それらはひとつのメロディーとなり、重層的で美しいうねりを生みだしていく。

信也は心を奪《うば》われる。

クライマックスの盛り上がりも圧巻《あっかん》で、演奏が終わると動画の中では割れんばかりの大《だい》歓声《かんせい》が起こっていた。信也も思わず立ち上がり、大きな拍手《はくしゅ》を送っていた。

仕掛《しか》け人は一之瀬さんに違いない！

そう確信し、すぐに母親から連絡先を教えてもらって一之瀬さんに動画の感想をメッセージした。返事はしばらくして届き、信也に連絡ができていなかったことへのお詫《わ》びなどのあとに、こうつづいた。

――私の力が及《およ》ばずに、預けてもらった一代では悔《くや》しくも結果につなげることができませんでした。ですが、あの神の声を受《う》け継《つ》ぐ子供たちをなんとか繁殖《はんしょく》させることができ、次の次の世代でようやくここまで漕《こ》ぎつけました。今は「マツムシズ」というグループとして活動しています。

信也は最初の一匹を弔《とむら》う気持ちを抱きつつ、先ほどの子孫《しそん》たちの活躍《かつやく》を思い返し、改めて熱いものがこみあげた。

――いちファンとして応援《おうえん》してます！　がんばってください！

マツムシズの快進撃《かいしんげき》は、そこからはじまった。

ライブハウスでの動画はすごい再生数となり、それがいい影響《えいきょう》をもたらしたのだろう、程《ほど》なくして大手レコード会社との契約が発表された。すぐにデビュー曲がリリースされ、ヒットチャートにランクインしたり、有名な音楽番組に虫として初めて出演し、草むらのステージで生演奏を披露《ひろう》したりして認知度を爆発的《ばくはつてき》に拡大させた。

信也はそのほとんどを、ＳＮＳやＷＥＢニュースを通じて知った。一之瀬さんともときどきやり取りをしていたけれど、マツムシズの活動に集中してほしくて連絡はなるべく控《ひか》えていた。

それからも、マツムシズの曲はＣＭソングに起用されたり。有名歌手とタッグを組んで書き下ろした曲がドラマの主題歌に使われたり。

信也は一度、一之瀬さんからライブに招待してもらって関係者席で観覧した。素晴《すば》らしいパフォーマンスもさることながら、超満員《ちょうまんいん》の会場を見渡《みわた》しながら二年前の路上ライブでのことを思いだし、感極《かんきわ》まるものがあった。彼らが手の届かないところに行ってしまった寂《さび》しさもなくはなかったが、活躍がとにかくうれしかった。

寿命による活動休止が発表されたのは、ファーストアルバムがリリースされたばかりの秋の終わり頃《ごろ》のことだった。分かっていたこととはいえ、信也は胸がしめつけられた。

この熱狂《ねっきょう》も終わるのかな……。

そう心配したけれど、まったくの杞憂《きゆう》に終わった。弔《とむら》いと応援でアルバムはすさまじい売り上げを記録して、さらなる熱狂を生むことになったのだ。

そして、次の年には新たなメンバーでマツムシズは再始動し、朝ドラの主題歌にはじまって、武道館ライブを成功させたりもした。

翌々年には、世界的に大人気のアーティストとのコラボ楽曲もリリースされ、マツムシズは〝MATSUMUSHIs〟として全米デビューを果たした。

その楽曲は世界の名だたる賞を総ナメにし、彼らはジャパニーズカルチャーを代表するアーティストとして世界的にも認知されることになる――。


ある年の秋のことだった。

夕暮れどきに、信也は犬の散歩で河川敷を訪《おとず》れていた。

マツムシズの人気はその後もおとろえることなく、バトンは何世代にもわたって受け継がれつづけていた。信也も変わらず彼らのファンで、新曲のチェックも欠かさなかった。

この河川敷にやってくると、毎度ながら信也は感慨深《かんがいぶか》いものがある。

最初はこの場所からはじまったんだよなぁ……。

耳を疑ったのは、そのときだった。どこからかリッ、リーという複数の鳴き声が聞こえてきたのだ。それはメロディーでこそなかったものの聞き慣れたあの神の声にとても似ていて、心拍数が跳《は》ねあがる。

直後、声が飛んできた。

「信也さんじゃないですか！」

振《ふ》り向《む》くと、懐《なつ》かしい人がそこに立っていた。

「一之瀬さん！」

その一之瀬さんは、スモークガラスでできた中が見えない大きな飼育ケースを抱《かか》えていて、もしやと思った。

次の瞬間、その一角が車の窓のようにウィーンと開き、中からマツムシたちが顔を出した。

「うわっ！　ご本人たち……！」

感激と緊張《きんちょう》で半ばパニックになる信也に、一之瀬さんは微笑《ほほえ》んだ。

「たまたま休みが取れたんですが、メンバーたちが初代の故郷に行ってみたいと。お忍《しの》びで連れてきたんですよ」

そのとき、マツムシの一匹――マツムシズのリーダーが信也の腕《うで》にぴょんと移った。

「はは、初代の恩人《おんじん》と握手《あくしゅ》がしたいようですね」

「ええっ……！」

ためらいながらも手を開くと、リーダーはちょこんとのっかってきた。

喜びのあまりめまいを覚えながらも、信也は思う。プライベートの時間なのは分かっていた。でも、ファンとしてはこのチャンスは逃《のが》せない――。

信也は大きな声で頼《たの》みこんだ。

「すみません！　写真とサイン、それからハグもお願いできないものでしょうか!?」

◉処暑　Shosho　8月23日－9月6日頃
暑さも和《やわ》らぎ、朝晩の涼《すず》しさに秋を感じはじめる頃。
＊作品に登場する主な季節のもの＝マツムシ／虫合わせ

白露
月見之湯

大きな仕事にひと区切りがついた夜、おれは近所の温泉に向かった。そこは老夫婦が営む都内の天然温泉で、昔ながらのレトロな雰囲気《ふんいき》がいい感じのところだった。

下駄箱《げたばこ》に靴《くつ》を預けて木札を持って中に入ると、番台に座《すわ》った顔なじみの女将《おかみ》さんが迎《むか》えてくれた。口数は少ないけれどいつもニコニコしている人で、居心地《いごこち》のいい空間を生みだしてくれていた。

脱衣所《だついじょ》で着《き》替《が》えて浴場に入ると、遅《おそ》い時間だからか人はだれもいなかった。

そんな中、おれが真っ先に向かったのは名物の露天風呂《ろてんぶろ》だった。ここの温泉の露天風呂はいわゆる替《か》わり湯になっていて、親父《おやじ》さんの趣味《しゅみ》で期間ごとにユニークな風呂に替わるので、来るたびに楽しませてもらっていた。

今日はどんな湯なんだろう……。

そうしてワクワクしながら外に出てみて、おおっ、と思った。雨避《よ》けの屋根の下、露天風呂の周りにはたくさんのススキが植えられていて、銀色の穂《ほ》を揺《ゆ》らしていたけれど、きょろきょろとあたりを見回して、少し拍子抜《ひょうしぬ》けするような思いになった。今夜はちょうど十五夜で、ススキの演出はたしかに趣深《おもむきぶか》かった。が、これだけというのはちょっと親父さんらしくないなと感じたのだ。

「おや、あんたか」

振《ふ》り返《かえ》ると、背の曲がった親父さんがデッキブラシを持って立っていた。おれがどうもと頭を下げると、親父さんはひひひと笑う。

親父さんは女将さんとは対照的に饒舌《じょうぜつ》で、よくしゃべる人だった。

その親父さんが前に話してくれたところによると、親父さんはかつてスタントマンをしていたらしかった。国民的ヒーローの代わりは軒並《のきな》み自分が演じてきたという話は眉唾物《まゆつばもの》だと思っているし、今の見た目からはアクションシーンを演じる姿も想像がつきづらかったけれど、ときどきいたずらっ子のような表情で語ってくれるウソか本当か分からない話が個人的には好きだった。

「いつかの撮影《さつえい》のときはな、ビルとビルの間に張られたロープを逆立ちしながら渡《わた》ったもんだわ。命綱《いのちづな》？　はんっ、そんなもんはオレには不要よ」

どうやら親父さんは、スタントマンをしていたときからこの温泉でよく身体《からだ》を癒《いや》していたらしかった。そして、前のオーナーが事情でここを閉めようとしていたときに話を聞きつけ、ご夫婦で後を継《つ》ぐことにしたのだという。

「ひひひ、主《あるじ》になれば、いつでも温泉に入り放題だからな」

そんな親父さんは、これまでこの露天風呂で、原理も不明な変わったことをいろいろとやってきた。

あるときは、どろっとした真《ま》っ赤《か》な湯がボコボコ沸《わ》き立《た》つ「マグマ之《の》湯」なるものをつくったり。またあるときは、水面から絶えずシャボン玉が飛びだしてくる「シャボン之湯」なるものをつくったり。

だからこそ今、目の前のススキが植えられているだけの光景に、おれは正直なところ物足りなさを感じてしまった。

でも、ススキだけでも十分に趣があるのだから、ありがたく楽しまないとな。

そう思っていたとき、親父さんからこう聞かれた。

「どうだね、今回の湯は。いいもんだろう？」

水を差すのも悪いと思い、おれは言った。

「ええ、素敵な雰囲気のススキですねぇ……」

しかし、親父さんは眉をひそめた。

「うん？　そんなのはおまけみたいなもんだろう。月だよ、月」

「月……？」

「なんだ、気づいてないのか。そこに映っておるだろうに」

親父さんは風呂のほうを指さして、一拍《いっぱく》置いておれは見つけた。水面に映った、サッカーボールほどの黄金色《こがねいろ》の真ん丸の月を。

それを目にして、きれいだなぁとは感じた。

が、これがどうしたというんだろう……。

そう思いながら、なんとなく天を仰《あお》いだ瞬間《しゅんかん》だった。おれは、あっと声が出た。夜空には雲がかかっていて、月など見えなかったからだ。

というか、だ。そもそものところに、やっと気づいた。

晴れていようがいまいが、露天風呂には屋根があるのに月が映るはずないじゃないか……！

「ひひひ、ようやく分かったようだな」

うれしそうに、親父さんはつづける。

「これはな、〝月見之湯〟だ。月を浮《う》かべたな」

そして親父さんは、少し前に三日月を捕《つか》まえてきたのだと口にした。その三日月は湯に浮かべると日に日に満ちて、十五夜の今日、真ん丸の中秋《ちゅうしゅう》の名月となったという。

「月なんて、どうやって……」

尋《たず》ねると、親父さんは笑って答えた。

「池に映っておるところに近づいて捕まえたのよ。まあ、月のやつは今は丸くなっておとなしいわけだが、三日月の頃《ころ》は魚みたいにビチビチと暴れるわ、こいつはふつうのよりデカくて力が強いわで、やわなやつには無理だったろうがな。が、オレにかかれば網《あみ》でこう、ちょちょいのちょいよ」

親父さんは、手にしたデッキブラシで何かをすくうような仕草を見せた。どこまでがウソでどこからが本当なのか分からなかったが、おれは思わず笑ってしまう。

ちょうどそのとき、秋風が吹《ふ》いた。ぶるっと震《ふる》えたおれに、親父さんは言った。

「さあ、早く入ってみるといい」

親父さんはひひひと笑い、室内のほうに去っていった。

おれは湯のほうに改めて視線を向けた。

月は黄金色に輝《かがや》いていて、風呂の真ん中あたりに浮かんでいた。まるで鏡で映したみたいに、クレーターまでもくっきり見えて美しかった。

おれは好奇心《こうきしん》を刺激《しげき》され、心を躍《おど》らせながら湯に入る。

その瞬間、さざなみが立ち、月はゆらゆら揺れて像が乱れた。きれいだなぁと見とれながら湯につかり、ふぅ、と髪《かみ》をかき上げる。

月の揺れはしだいに収まり、やがて真ん丸の姿を取《と》り戻《もど》した。ススキがさわさわと音を立て、都会にいることを忘れそうになる。

ああ、気持ちいい――。

そのうち、おれは月のほうへと寄っていき、中心あたりを両手でそっとすくってみた。黄金色の輝きがそこに収まり、月は中心が欠けてドーナツみたいな姿になった。両手を開いてすくったものを湯に注ぐと、その部分は吸い寄せられるように元の場所へと戻っていく。

遊び心で、ぐるぐるかき混ぜてもみた。月はコーヒーに注いで混ぜたミルクのように、暗い湯の上で黄金色の渦《うず》に変わった。が、それはいつまでも闇《やみ》と混ざり合うことはなく、手を止めると真ん丸の姿にゆっくり戻った。

あれ？　と思ったのは、月を見ながらぼんやりと湯につかっていたときだった。ふと、月のほうで何かが動いたように見えた。が、月には特に変化がなく、なんだったんだと不思議に思う。

その直後、月にやっぱり動きがあった。月の表面の陰影《いんえい》――ウサギの模様が、臼《うす》と杵《きね》でぺったんぺったんモチをつきはじめたのだ。

かと思った矢先、ウサギは杵を放りだし、何やらモゾモゾしはじめた。

そして次の瞬間、バシャッと水しぶきを立てて飛びだしてきて、おれの耳元をかすめて後ろに行った。振り向くと大きな白ウサギがそこにいて、すぐにススキの奥《おく》へと姿を消した。

慌《あわ》てて水面の月に視線をやるとウサギの模様はさっきと変わらずそこにあり、再び動きだすことはなかった。

今のも親父さんの仕掛《しか》けなのかな……。

呆然《ぼうぜん》としつつも、楽しんでいる自分がいる。

そうしておれは、また水面の月を眺《なが》めながら湯につかる。

月の光が、自分の芯《しん》までしみわたっていくような感覚になる。

意識も黄金色に染まっていく——。

湯から上がって待合所にやってくると、月見団子ということだろう、冷蔵庫のガラスの向こうに、みたらし団子が置かれているのが目に留まった。

「これって、女将さんのお手製ですか?」

ニコニコしながらうなずく女将さんに、ひと皿いただくことにする。ソファーに腰《こし》かけて頰張《ほおば》ると、甘辛《あまから》いタレとモチモチした食感が最高だった。

そのとき親父さんが現れて、おれは月見之湯への賛辞《さんじ》を伝えた。

親父さんは「そうだろう」と満足げな表情を浮かべたあと、こう言った。

「で、効能のほうはどうだね？」

　そういえば、と思いだす。風呂の壁《かべ》に、いつものように手書きの張り紙があったな、と。

「えっと、〝身体が軽くなる〟ってやつですか？　それなら、バッチリ疲《つか》れが取れたように思います！」

　すると、親父さんはかぶりを振った。

「いやいや、そういうことじゃなくてだね。月見之湯につかると、実際にしばらく身体が軽くなるのよ。なにせ、月は地球より重力が小さいからな」

「ええっ……？」

　またウソか本当か分からない話にすっかり困惑《こんわく》していると、親父さんはニヤリと笑った。

「ひひひ、ちなみにオレも、さっき風呂に入ってな。月に行ければ、まだまだ現役《げんえき》でやれるんだがなぁ。ほれっ」

　次の瞬間、親父さんは、くるっとその場で回転した。そして華麗《かれい》に逆立ちすると、両手でひょいひょい歩きはじめた。

◉白露

Hakuro　9月7日－9月22日頃

草花に朝露《あさつゆ》が光り、秋の趣が深まる頃。

＊作品に登場する主な季節のもの＝ススキ／十五夜／月見団子

秋分

魚鍛冶

レンタカーを走らせながら、私は視界に入ってくる景色にひとり和《なご》んだ。

周りには、いかにも里山らしい光景が広がっていた。山の木々は紅葉《こうよう》を迎《むか》えていて、田んぼでは稲《いね》が黄金色《こがねいろ》の穂《ほ》を揺《ゆ》らしていた。稲は収穫《しゅうかく》がはじまっているようで、刈《か》り取《と》られたものが束になって木組みに掛《か》けられ、干されている。

そのとき、目的の場所が見えてきた。

困惑《こんわく》を抱《かか》えたまま、私は車を走らせる——。

こうなったのは、一人旅の途中《とちゅう》、特産品のお店に入ってみたことがはじまりだった。その一角にショーケースがあって、興味が湧《わ》いて近づいた。

アクセサリーでも売ってるのかな……。

そう思っていた次の瞬間《しゅんかん》、私は「うん？」と首をかしげた。ショーケースには桐箱《きりばこ》がいくつか置かれていたのだけれど、そのどれもに生身のサンマが一尾《いちび》ずつ入っていたからだ。さらには、値札が目に入って度肝《どぎも》を抜《ぬ》かれた。信じられないほど多くの「0」が並んでいたのだ。

値段といえば、ひと昔前は秋の味覚の代表格で安く手に入っていたサンマも、最近は漁《ぎょ》獲《かく》量の激減で高価になり、手の届きづらいものになっていた。が、それにしてもその価格は次元が違《ちが》い、どういうことだと混乱した。

直後、お店の人から話しかけられ、私はショーケースのサンマのことを教えてもらった。その話は信じがたく、呆気《あっけ》にとられているとその人は言った。

「見学できる場所もありますので、よければ行かれてみてください」

私は真偽《しんぎ》をたしかめたくなり、すぐに電話をして車を走らせたのだった。

そうしてたどりついたのは、刃物《はもの》をつくるような鍛冶場《かじば》だった。

「ようこそいらっしゃいました」

迎えてくれたのは柔和《にゅうわ》な表情の五十代くらいの当主で、さっそく瓦《かわら》ぶきの建物へと通してくれる。室内は暑く、端《はし》のほうではオレンジ色の火があがっているなか、お弟子《でし》さんと思われる人たちが何やら作業に勤《いそ》しんでいた。

全員に挨拶《あいさつ》をしたあとで、私は改めて当主に尋《たず》ねた。

「あの、ここでサンマがつくられてるって、本当なんですか……?」

当主は微笑《ほほえ》みながらうなずいた。

「ええ、私たちはサンマの魚鍛冶《さかなかじ》ですからね」

その言葉に、私は先ほど聞いた話を思い返す。お店の人は、ショーケースに並んだサンマはすべて職人さんの手でつくられたものだと口にして、こうつづけた。

——サンマは漢字で『秋刀魚』と書きますが、このあたりには昔から、まさに刀をつくる刀鍛冶のように、鉄を打ってサンマをつくる魚鍛冶という方たちがいるんですよ。魚鍛冶によるサンマは希少で出回っていないので、あまり知られてはいないのですが。

それを聞いて、なるほど、と私は思った。目の前のサンマは本物みたいにリアルだけれど、ぜんぶ飾《かざ》り物《もの》なのか、と。

そのことを伝えると、お店の人はかぶりを振《ふ》った。

——いえいえ、紛《まぎ》れもない本物ですよ。食べられますし、むしろ食べてこそのサンマです。味はもちろん極上《ごくじょう》です。

お店の人は、こうも話した。このサンマは、生身だけれど日持ちすること。一年中つくられていて季節を問わずおいしいが、秋の気候のなかで食べるのが、やはり最もおすすめなこと。

——ちなみに、ほかの地域には太刀魚《たちうお》の魚鍛冶もいるそうですね。

そんな話に、私はただただ困惑するばかりだった。

けれど今、実際に魚鍛冶の当主を前にして、ワクワクしはじめている自分がいた。

当主は言った。

「では、さっそくお見せしましょう」

私は、お願いします、と頭を下げた。

当主があるものを取りだしたのは、安全上の注意を話してくれたあとだった。それは手のひらに載《の》るくらいのゴツゴツした銀色のかたまりで、当主は言った。

「サンマはこの鋼《はがね》からつくります。日本刀をつくるときのものに似ていますけど、こちらにはDHAなどがたっぷり含《ふく》まれているんです」

DHAって、たしかサンマに含まれてる栄養素だよなぁと思っていると、当主はつづけた。

「まずは、これを延《の》ばしていきますね」

そのとたん、当主の眼光が鋭《するど》くなった。表情からは柔和なものが消え去って、私はぞくっとしてしまう。

そんな中、当主は巨大《きょだい》なペンチのような道具で鋼をはさみ、炭からあがっている火の中へと差し入れた。

しばらくして取りだされたそれはオレンジ色に輝《かがや》いていて、当主はお弟子さんと一緒《いっしょ》に大きな槌《つち》で力強く打ちつけはじめた。キンッ、キンッ、という高い金属音が鳴《な》り響《ひび》き、鋼からは火花が飛び散る。

私は暑さで、いつしか汗《あせ》だくになっていた。が、そんなことより荒々《あらあら》しくも美しい所作に心を奪《うば》われ、見入ってしまう。

鋼が冷えてくると当主は火の中に入れ、またオレンジ色になったものをキンッ、キンッ、と打ちつけていく。やがて鋼は平たくなって、今度はそれを二つに折り曲げ、同じようにお弟子さんと大きな槌を振りおろす。

「これは鍛錬《たんれん》という工程です」

作業をしながら当主は言った。

「身を良質なものにするためと、雑味につながる不純物を追いだすためにおこなうんです」

その鍛錬という工程を終えると、次に当主はサンマの形に打ちだすべく、熱した鋼を小槌で慎重《しんちょう》に叩《たた》きはじめた。鋼は細長くなっていき、先のほうがサンマの頭みたいになってくる。合間合間で火に入れながらお腹《なか》や背中もつくられていき、尻尾《しっぽ》までできあがったところで、いくつかの熱した欠片《かけら》が取りつけられてヒレもできた。

「では、土置きに移りましょう」

「土置き、ですか……？」

「ええ、日本刀でいう刃文を生みだす工程で、サンマに文様をつけるんですよ」

促《うなが》されて別の部屋へと移動すると、当主は鋼のサンマを砥石《といし》やヤスリで磨《みが》いていった。そのあとで、へらを使ってサンマの背中側に泥《どろ》のようなものを塗《ぬ》りだした。背中が済むと今度はエラのあたりから尻尾にかけて横線を引き、別の泥で全体的に波模様を描《えが》いていく。

「文様にはスタンダードなものから意匠《いしょう》を凝《こ》らしたものまで、いろいろとありまして。これはうちオリジナルの文様ですね」

そうして最後に目を入れて、当主は言った。

「さあ、焼き入れです」

再び鍛冶場に戻《もど》ってくると、当主は土置きをしたサンマを火に入れた。少したってから取りだして、オレンジ色のそれを水の入った容器に入れると、ジュゥッという音とともに湯気があがる。そして、冷えたものを磨きあげると、当主はこう口にした。

「完成です」

それは銀色の身体《からだ》にうっすらと波模様の浮《う》かんだ、青い背をした一尾の見事なサンマだった。あまりに美しく、同時においしそうで、私はお腹が空《す》いてくる。

そのとき、すっかり柔和な表情に戻った当主が口を開いた。

「もしよければ、こちらを召《め》し上《あ》がっていかれますか？」

「えっ!?　いいんですか……!?」

「せっかくですし、私たちのサンマを知っていただくための特別サービスということで」

微笑む当主に、前のめりで私は言った。

「お願いします……！」

そうして一緒に庭に出ると、お弟子さんたちが七輪を用意してくれていた。当主はつくったサンマに塩をまぶして、網《あみ》に載せる。すぐにジュウジュウ焼けてきて、いい匂《にお》いが漂《ただよ》ってくる。

両面がこんがり焼けると細長いお皿に移されて、大根おろしとスダチが添《そ》えられた。さらには、このあたりでつくられた新米だという炊《た》き立《た》てのごはんもよそってくれて、当主は言った。

「どうぞ、召し上がってください」

食べるのはもったいないかも……そんな気持ちはとっくの昔に吹《ふ》き飛《と》んでいて、私は勢いよく両手を合わせた。

「いただきます！」

サンマはもともと鉄だったはずなのに、皮はパリッと焼けていた。箸《はし》もすんなり入っていって、湯気があがる。身を取って、まずは何もつけずに食べてみる。

瞬間、声をあげた。

「おいしいっ……！」

身は硬《かた》いどころか、この上なくふっくらしていた。味にも鉄っぽさなどなく、脂《あぶら》の上品な甘《あま》みと旨《うま》みがじゅわぁっと口いっぱいに広がって、こんなサンマがあるなんて、と驚愕《きょうがく》する。

すぐに次のひと口が食べたくなって、私は小骨を取りながらバクバクと口に運んだ。大根おろしやスダチとの相性《あいしょう》も抜群《ばつぐん》で、ごはんのほうもどんどん進む。サンマにはワタもあり、ほろ苦さが絶妙《ぜつみょう》だった。

あっという間に平らげてしまって幸福感に包まれていると、当主が笑った。

「きれいに食べていただけて、うれしい限りです」

私は心をこめて、こう言った。

「ごちそうさまでした！」

当主が口を開いたのは、お茶を飲みながら一服していたときだった。

「ちなみに、魚鍛冶のつくるサンマは食べて終わりではなくてですね。ぜひ、こちらへ」

なんだろうと思いながら隣《となり》の倉庫に案内されて、私は目を見開いた。

当主は笑ってこう言った。

「特によくできたものは、うちでもこうして残していまして。お客様のなかには、床の間《とこのま》などに飾ってくださる方もいらっしゃるようですね」

驚《おどろ》きつつも、今の私にはそうしたくなる気持ちがよくよく分かった。

目の前では、頭と尻尾だけになったサンマの骨が漆塗《うるしぬ》りの台に載せられて、ずらりと並べられていた。

◉秋分　Shubun　9月23日－10月7日頃《ごろ》

昼夜の長さがほぼ同じになる日。
この日を境に肌寒《はださむ》い日が増えてくる。
＊作品に登場する主な季節のもの＝稲穂／サンマ／スダチ／新米

寒露

眼の鳥

奈央《なお》の両眼《りょうめ》に異変が起こったのは、ある日のことだった。十字の形の黒くて小さい無数の何かが、ときどき両眼に映りこむようになったのだ。それはしばらくすると消えるものの、そのうちまた現れて、何かの病気なのではないかという不安がよぎった。

最近、仕事のことでいろいろ悩《なや》んでるからかな……。

奈央は眼科に電話をし、次の休みの日に予約を取った。

その当日、道に咲《さ》いた金木犀《きんもくせい》のいい香りを感じながら、奈央は眼科に足を運んだ。

医者は症状《しょうじょう》を聞くとふむふむとうなずき、まずは検査をすることになった。

やがて呼ばれ、ドキドキしながら診察室《しんさつしつ》に入っていくと、医者は言った。

「やはり、ガン圧が高くなっているようですね」

奈央はその言葉を、瞬時《しゅんじ》に「眼圧」と変換《へんかん》していた。眼圧が高いといろんな眼の病気につながると聞いたことがあり、胃がきゅっと痛くなる。

けれど直後、予想だにしていなかったことが起こった。

「詳《くわ》しくご説明しましょう。こちらをご覧ください」

そう言って、医者は何かを取りだした。それは一枚の写真で、写っていたのは湖だろうか湿地《しっち》だろうか、水辺らしき場所だった。たくさんの鳥がいて、気持ちよさそうに水面を泳いだり羽ばたいたりしていた。

ポカンとする奈央に、医者は言った。

「こちらは、あなたの眼の中を拡大して写したものになります」

「えっ……？」

「写っている鳥は、いわゆる雁《がん》です。眼球のなかに雁が棲息《せいそく》している度合いを〝雁圧〟と呼ぶのですが、あなたの眼には雁がたくさん棲《す》みついていて、雁圧が高い状態にありますね」

医者はさらに、こうつづける。

雁というのは、正式にはカモ科の中でも大きな部類に入る水鳥の総称《そうしょう》で、マガンやヒシクイなどがそれにあたる。その雁は、秋になると暖かい場所を求めて北方から日本に渡《わた》ってきて、冬を過ごす。が、かつて狩猟《しゅりょう》の対象として狙《ねら》われたり環境破壊《かんきょうはかい》で棲息場所を奪《うば》われたりしはじめた頃《ころ》から、安全で快適な人の眼に渡ってくる雁が現れた。以来、今でも秋になると眼にやってきて、ねぐらとエサ場を兼《か》ねた場所として滞在《たいざい》する雁たちが存在している……。

「そういうわけで、あなたが見る黒いものは、眼の中を飛んでいる雁の姿にほかなりません。逆に、飛んでいないときはこの〝涙のほとり〟などの下のほうで過ごしているので、視界には入りづらいというわけですね」

正直なところ、奈央は理解がぜんぜん追いついていなかった。

明らかに眼よりもサイズの大きい雁という存在が、いつ、どうやって眼に入りこんだのか……。

なかでも、一番気になったことを尋《たず》ねてみた。

「雁が眼にいても、大丈夫《だいじょうぶ》なんでしょうか……？」

「ええ、飛んだときにどうしても姿は見えてしまいますが、それを除けば健康面での問題は何もありません。春になると、雁は眼から飛び立って北のほうに帰っていきますしね」

ただ、と医者はつづけた。

「気になるようでしたら手術で取り除くことは可能です。あとは一応、眼を酷使《こくし》したりドライアイになったりして環境が悪化すれば別の場所を探して出ていきますが、これは双方《そうほう》にとってあまり幸福なことでないのでオススメはしていません。どうされますか？」

った。

「えっと……」

奈央はなんとか頭を働かせて考える。

医者の話はどうやら全部が事実のようで、受け入れるしかなさそうだった。であれば、手術は怖《こわ》いし、害がないならいったん様子を見てもいいかもと思い至る。それに、もともと生き物が好きなこともあり、雁が自分を選んでくれたということに悪い気持ちはしなかった。

「……とりあえず、このままで過ごしてみます」

そう伝えると、医者は目薬を処方してくれた。〝涙のほとり〟に潤《うるお》いをもたらし、雁にとっての栄養にもなるというものらしく、薬局でそれを受け取ってから帰宅したのだった。

そうして、奈央と雁との生活がはじまった。

一度その黒いものを雁だと認識すると感じ方はガラリと変わり、趣《おもむき》深《ぶか》いものに思えるようになったから、おかしなものだった。

小さい雁たちは、よく観察してみるとたしかに羽ばたいていた。そして、群れでV字形の隊列を組んで奈央の視界を横切った。

その雁たちが飛ぶ時間帯は、朝や夕方が多かった。奈央はぼんやり、こう思う。エサ場かどこかに飛んでいき、ねぐらに帰ってきてるのかなぁ、と。もっとも、眼の中がそんなに広いのかはまったく不明ではあったけれど。

雁は奈央に、いい影響《えいきょう》を与《あた》えてくれた。

朝、部屋のカーテンを開けて外をのぞくと、青空を背景に飛び立っていく雁たちの姿を見ることができた。力強さを感じて、今日も一日がんばろうという気持ちになる。

夕方、道を歩いていると、夕焼け空のなかを飛ぶ姿に遭遇《そうぐう》できた。つるべ落としともいわれる秋の日は、すぐに沈《しず》んで深い青へと色合いを変える。が、奈央の眼にはオレンジ色のなかで雁たちがV字を組んで羽ばたく姿が焼きついて離《はな》れず、哀愁《あいしゅう》も感じながら、心はずいぶん安らいだ——。

見ず知らずの女性たちから声をかけられたのは、ある日のこと、黄色に染まったイチョウ並木のなかを散歩していたときだった。

「あなたの眼、なんて素晴《すば》らしいの！」

その人たちは首から双眼鏡をかけていて、バードウォッチングの愛好家なのだと口にした。

「それって雁よね!?　よかったら、見せてもらえないかしら……!?」

どうして分かったのだろうとびっくりはしたけれど、にじみ出る鳥への愛情を感じ、奈央は快くうなずいた。

女性たちは笑顔《えがお》を咲かせ、奈央の眼に向かって双眼鏡をさっと構えた。のぞきこみながら「うわぁ！」「すごい！」と声があがり、やがて双眼鏡を下ろして奈央に言った。

「ありがとうね！　とっても貴重な体験だったわ！」

みんながお礼を口にしたあと、それにしても、と一人が言った。

「この雁たちの居場所が見つかってよかったわ……ほら、雁って北国から居場所を求めてやってくるでしょう？　安息の地がちゃんと見つかるかも分からないまま。だから、あなたという素敵な場所を見つけられて、本当によかった」

奈央はこそばゆくなりながら、思うところが多くある——。

そんな日々がつづいていたときだった。

奈央は悩んでいたことに決着をつけることにした。

少し前から、奈央は学生時代の友人から一緒《いっしょ》に起業しないかと誘《さそ》われていた。友人のことは信頼《しんらい》していたし、事業の内容にも興味を持った。が、失敗してしまう可能性も十分にあり、少なくとも当面は不安定な生活がつづくことが分かっていた。

その点、今の会社は安定していて収入も悪くはなかった。一方、職場の雰囲気《ふんいき》はあまりよくなく、しんどいなと感じることも多々あって、どうしたらいいんだろうと悩んでいた。

奈央は自分の中の雁に思いを馳《は》せる。

この雁たちは先の分からないなかでも挑戦《ちょうせん》し、長い旅の末にここにたどりついたんだよなぁ、と。

もちろん、雁はそうしなければ元の場所では生きていけず、その意味では奈央とは事情が少し違《ちが》っているのかもしれなかった。けれど、雁の生き方は奈央の胸に深く響《ひび》いた。

そうして奈央は決心し、友人に連絡《れんらく》をした――。

いまの奈央は、視界をよぎる雁たちからも大いに力をもらいながら、新たな日々を歩んでいた。

この挑戦が短期戦で終わらないであろうことは覚悟《かくご》の上だった。のみならず、最終的にどこにも着地できずに終わってしまう可能性も理解していた。

それでも、いまは力の限りに飛びつづけるぞ、と奈央は思う。

心強い存在もいる。

志を同じくする仲間たちだ。

奈央は気力をみなぎらせ、今日も羽ばたき飛翔《ひしょう》する。

仲間たちと、V字を組んで。

まだ見ぬ素晴らしい未来を目指して。

◉寒露　Kanro　10月8日-10月22日頃

草木の露《つゆ》が霜《しも》に変わる頃。
秋本番を迎《むか》え、日ごとに寒さが増してくる。

＊作品に登場する主な季節のもの＝金木犀／雁／つるべ落とし／イチョウ

霜降

どんぐり戦争

小椋《おぐら》はだらしない生活を送っていた。大学生であるものの授業にはろくに出ず、実家からの仕送りに頼《たよ》りながら、だらだら過ごすような毎日だった。

ここ最近は、スマホを開くと異国の地での戦争を報じるニュースが流れてくる。が、自分には関係のないことだと、何の関心も持たないいますぐにアプリでゲームをはじめてしまう。

そんなある日のことだった。

夜中にふと目が覚めて、小椋はコンビニにでも行くかとスウェット姿で外に出た。晩秋の風は冷たくて、ぶるっと震《ふる》えて肩《かた》をすくめる。

声が飛んできたのは、そのときだった。

「ようやく見つけた！　まったく、手間をかけさせやがって！」

小椋は反射的に振《ふ》り向《む》いて、目を見開いた。そこには迷彩服《めいさいふく》にヘルメット、そして短機《たんき》関銃《かんじゅう》のようなものを持った男が立っていたからだ。

「なんだよ、あんたは……」

恐怖《きょうふ》を感じながらも尋《たず》ねると、男は目を吊《つ》り上《あ》げた。

「上官に向かって、その態度はどういうわけだ！」

「はあ？」

男が突然《とつぜん》叫《さけ》んだのは、次の瞬間《しゅんかん》のことだった。

「伏《ふ》せろ！」

腕《うで》をつかまれ、小椋は地面に伏せさせられた。直後、ダダダダダッという銃声のような音が鳴《な》り響《ひび》き、すぐ近くを何かがびゅんと横切った。

頭が真っ白になり固まる小椋に、男は言った。

「こっちへ来い！」

男は匍匐《ほふく》前進で進みはじめる。何がなんだか分からなかったが、ただならぬことが起こっているのは感じ取り、小椋も必死に這《は》ってついていく。

物陰《ものかげ》に隠《かく》れたところで、パァッとライトに照らしだされた。見るとトラックがやってきていて、男は後ろの荷台に飛び乗った。

「早くしろ！」

またダダダダダッと銃声がして、小椋も慌《あわ》てて飛び乗るとトラックは急発進した。

やがて銃声が聞こえなくなると、男はふぅと息を吐《は》きつつ小椋に言った。

「この短い期間で、ずいぶん遠くまで逃《に》げたものだな。怖気《おじけ》づいて脱走《だっそう》したようなやつを助けてやるのは、一度だけだぞ」

どうやら自分は命を救ってもらったらしい……。

そう理解しつつも、この事態に心当たりがなさすぎて、態度を改めながら男に尋ねた。

「あの、助けていただいたのはありがたいんですけど、誰《だれ》かと勘違《かんちが》いしてますよね……？」

「何を言ってる。……なるほど、ショックで錯乱《さくらん》してるんだな。おまえは小椋だろう」

男はさらに、小椋の個人的な情報を口にした。それらはすべて合っていて、小椋は面喰《めんくら》ってしまう。

困惑《こんわく》を見抜《みぬ》いたか、男が言った。

「その様子だと、置かれた状況《じょうきょう》も分からなくなってしまっているようだな。仕方ない、教えてやる。我々は今、どんぐり戦争の前線にいる。おまえはコナラ軍の兵であり、クヌギ軍を制圧すべく、山中を舞台《ぶたい》に戦っている。こいつで撃《う》ち合《あ》ってな」

男は手にした銃を示しつつ、ポケットからも何かを取りだした。瞬間、小椋は目を疑った。男の手にのっていたのは、茶色く光る細長いどんぐりだったからだ。

「我が軍自慢《じまん》の、どんぐり弾《だん》だ」

そのうちトラックが停車して、小椋は男と一緒《いっしょ》に降ろされた。

「さあ、前線に戻《もど》るぞ！」

暗闇《くらやみ》のなか、どうやら山のふもとにいるらしいことは分かった。逃げようにも自力で帰れるはずがなく、小椋はやむなくついていくことにしたのだった。


そうして小椋は隊に加わり、どんぐり戦争なるものに参戦させられることになった。

助けてくれた男は岩崎《いわさき》といい、小椋の属する十人ほどの隊の隊長だった。

小椋は翌日に医療班《いりようはん》の診察《しんさつ》を受け、記憶《きおく》障害だと診断されるも戦えるとみなされた。銃とどんぐり弾の扱《あつか》い方《かた》を教えられ、戦争のことも説明される。

それによると、このどんぐり戦争は一帯のブナ科の木をめぐって行われているらしかった。当事者はコナラの木を拡大したいコナラ軍と、クヌギの木を拡大したいクヌギ軍で、日頃《ひごろ》からどんぐりを撃ち合って一進一退を繰《く》り返《かえ》しているのだという。

話を聞いても、小椋はピンと来なかった。妙《みょう》な茶番に巻きこまれているだけなのかも、と心のどこかでまだ疑っている節もあった。

しかし、すぐに自分の置かれた状況を芯《しん》から理解させられる。

それは、隊の野営地で真《ま》っ赤《か》に色づいた紅葉《もみじ》を眺《なが》めながら、焚火《たきび》で焼いた芋《いも》をのんびり食べていたときだった。同じ隊の一人が慌てた様子で駆《か》けてきた。

「敵襲《てきしゅう》だ！　応戦しろ！」

直後、ダダダダダッと銃声がして、小椋は急いで木陰に隠れて戦えるように準備する。が、もたもたしている間に仲間たちが反撃し、小椋が参戦しようとしたときには敵はすでに去っていた。

撃ち合ったどんぐりがあたりに大量に散らばるなか、無事に撃退できてよかったな、と安堵《あんど》する。

その認識が誤りだと判明したのは、直後だった。

近くの木の幹からにょきっと芽が生えてきて、みるみるうちに天に向かって太く大きくなりはじめたのだ。元あった木は急激に萎《しぼ》んでいって、木肌《きはだ》がごつごつした新たな木に取りこまれる。程《ほど》なくして木はすっかり生え変わり、新たな木はもじゃもじゃ帽子《ぼうし》の丸々としたどんぐりを落としながら、最初からそこに生えていたといわんばかりに堂々とそびえ立った。

同じ現象は周囲の至るところで起こり、岩崎が言った。

「チッ、派手にやられたな……」

小椋は呆然《ぼうぜん》としながら何が起こったのかと尋ねると、岩崎は話した。敵の撃ったクヌギのどんぐり弾に貫《つらぬ》かれ、コナラの木がクヌギの木へと変えられたのだ、と。コナラのどんぐり弾で一本ずつ撃っていけば、また元のコナラの木には戻る。が、今の襲撃でこの一帯のコナラは軒並《のきな》みクヌギにされているはずで、いくつか戻したところで焼け石に水である……。

「リスクを冒《おか》してこのエリアまで攻めてくるとは、意表を突《つ》かれたな……ひとまず、山向こうまで退却《たいきゃく》――」

来てくれっ、と叫び声があがったのは、そのときだった。岩崎につづいて声がしたほうに走っていくと、仲間が一人倒《たお》れていた。その脇腹《わきばら》には芽が生えていて、小椋は愕然《がくぜん》とする。

遅《おく》れて医療班が到着《とうちゃく》するも、力なく首を横に振った。

「残念ながら、手遅れです」

その直後、芽は倒れた仲間を取りこみながら一気に生長しはじめて、すぐに大きな木になった。

人が木に……。

「えっと、元に戻す方法もあるんですよね……？」

恐《おそ》る恐《おそ》る尋ねると、岩崎はかぶりを振った。

「傷が浅ければ、除草薬で治療することもできたんだがな……無念だ」

仲間たちが集まってきて、黙禱《もくとう》を捧《ささ》げる。木の根元に一輪の花が添えられる。

小椋はようやく、実感を伴《ともな》って置かれた状況を理解した。

自分は本当に戦争に参加してるんだ――。


それからの小椋は、真剣《しんけん》に日々を過ごすようになった。

戦いは昼夜の別なく行われた。

任務の基本は、山中に繰りだし敵の目を盗《ぬす》んでクヌギの木を撃ち、コナラの木に変えていくことだった。コナラとクヌギの幹はよく似ていてなかなか区別がつかなかったが、下に落ちたどんぐりの形をもとになんとか判別できるようになっていった。

隊は小椋の属するもの以外にもたくさんあって、ときに連携《れんけい》しながら前進を試みた。しかし、敵の待ち伏せにあったり反撃を受けたりし、思うように作戦を実行できることは稀《まれ》だった。

小椋が初めて自分の手でクヌギの木をコナラの木に変えたのは、しばらくしてのことだった。任務を果たせて、喜ばしく誇《ほこ》らしいはずだった。が、生え変わった木を前にして、小椋の胸にはざらっとしたものが色濃《いろこ》く残った。

「そんなものにはすぐ慣れる」

岩崎に打ち明けると、そう言って笑われた。が、その後も慣れることはなく、クヌギの木を撃つたびに心は重さを増していった。

もしもこの手で人を撃ったら……。

そう思うとめまいがしてきて、考えないようにした。

あるとき、小椋は岩崎に尋ねた。この戦いはなぜはじまって、どこを終わりとしているのか、と。

「余計なことは考えるな。上層部の方々は、我々には計り知れない深いお考えをお持ちなんだ」

「あの……その上層部というのは、どういった人たちなんですか？」

「おまえが知る必要はない」

小椋は他の仲間にも機会を見て同じように聞いてみた。が、知らないと言われるか、岩崎と同じような返事があるだけで、情報は何ひとつ得られなかった。

戦いは日々、激化しているように思われた。

やられてはやり返し、やり返してはまたやられを繰り返すなか、仲間は次々と倒れていってクヌギの木へと姿を変えた。けれど、彼《かれ》らを弔《とむら》う暇《ひま》はなく、すぐに補充《ほじゅう》される新たな兵と一緒になって必死でどんぐりを撃ちつづけた。

遅かれ早かれ、自分もクヌギになるのだろうな……。

小椋は恐怖とあきらめの混ざった心で、そう思う。

しかし、事態は唐突《とうとつ》に終わりを迎《むか》えた。

ある日、岩崎が全員を集めてこう告げたのだ。

「一時停戦が決まったそうだ。おれたちの隊は解散となる」

「あの、解散というのは……」

尋ねると、岩崎は言った。

「家に帰れということだ。再招集もあり得るがな」

頭が麻痺《まひ》して意味がよく理解できず、夢を見ているような心地《ここち》だった。

小椋はトラックに乗せられて、自分の家へと帰された。


そうして、平穏《へいおん》な日々が戻ってきた——はずだった。

けれど、小椋はそう感じられない毎日を過ごしていた。

それには二つの要因があった。ひとつが、またいつ招集されるか分からないことへの緊《きん》張感《ちょうかん》や、戦いで刻まれた黒い何かに苛《さいな》まれ、あまり安らげなくなったこと。もうひとつが、周囲の出来事に無関心ではいられなくなったことだ。

スマホを開くと、今日も異国の地での戦争を報じるニュースが流れてくる。前までの小椋は、自分とは関係のないことだと適当に受け流していた。が、今はとても他人事《ひとごと》だと思えなかった。そこは自分の生きている場所ともたしかにつながっていて、そうである以上、この日常を平穏だと言い切ることに違和感《いわかん》を覚えるようになっていた。

　そんなあるとき、小椋は近くの公園を散歩していて、大量のどんぐりが落ちているのを発見した。そばには立派なコナラの木とクヌギの木が一本ずつ生えていて、澄《す》み渡《わた》った青空に茶色い葉を茂《しげ》らせていた。

　元々あった木なのか、そうでないのかは分からなかったが、小椋はいったんその場を離《はな》れた。そしてすぐに戻ってくるとそれぞれの木の根元に花を添え、いつまでも静かに祈《いの》りを捧げた。

◉霜降　Soko　10月23日－11月6日頃
早朝に霜《しも》が降りはじめる頃。
秋も終わりが近づき、冬の気配が迫《せま》ってくる。
＊作品に登場する主な季節のもの＝どんぐり／紅葉／焼き芋

冬
WINTER

立冬

木枯らし収集家

おはよーっ、という声が後ろから飛んできたのは、登校中のことだった。振《ふ》り向《む》くと友《とも》達《だち》の唯《ゆい》が手を振りながら駆《か》け寄《よ》ってきて、私は言った。

「いっつも遅刻《ちこく》ギリギリなのに、珍《めずら》しいねー」

「へへ、部活の話し合いがあってさ。放課後は先生がいなくて休みだから」

歩きながら、唯はつづける。今度、唯が所属している国際交流部の部員たちで外国からのお客さんをもてなすことになり、そのプランを話し合うのだ、と。

前までの私なら、唯と自分をすぐに比べて劣等感《れっとうかん》を覚えていたかもしれなかった。でも、今はそういう気持ちは湧《わ》いてこず、純粋《じゅんすい》に思う。唯は本当にすごいなぁと。

あっ、と思ったのは、二人でしゃべりながら土手を歩いていたときだった。吹《ふ》き抜《ぬ》ける冷たい風に身を縮めていると、地面がうっすら白くなっていることに気がついた。

「ねぇ、あれ、霜柱《しもばしら》じゃない？」

近づいてみるとそれはやっぱり霜柱で、一瞬《いっしゅん》だけ寄り道をして二人でザクザク踏《ふ》みしめる。

「いやー、気持ちいいねーっ」

「だねーっ」

笑ってまた歩きはじめ、私はふと思ったことを口にする。

「ってかさ、霜柱が柱として使われてる家って、あったりしないかなー。柱だけにさ」

すると、唯は「なにそれ」と噴《ふ》きだしながらも、こう言った。

「でも、美菜《みな》ならそういう家、本当に見つけてきそう。いろんなものを引き寄せる人だから」

「引き寄せる……？」

「いやいや、そうじゃん。春告人《はるつげびと》って存在が家に来たとか、鯉《こい》のぼりの養殖場《ようしょくじょう》に行ったとか、紅屋《べにや》のお祭りに参加したとか」

唯の言葉に、なるほど、と私は思う。あまり深く考えてなかったけれど、言われてみると心当たりはたしかにあるな、と。

「なんか正直、美菜がうらやましいよ。私には何もないからさー」

「ええっ？　何もないわけないでしょ……」

本気で言っている感じの唯に、私は唯のすごいところを口にする。と同時に、こうも思う。自分のことって、案外自分じゃ分からないものなのかもなぁ……と。

そうこうしているうちに学校について、唯が言った。

「そうだ、放課後って暇《ひま》？　空《あ》いてたら、どっか行かない？」

「いいね、行こう行こう！」

約束すると、唯は走って部室に向かった。


放課後になり、私は唯と一緒《いっしょ》にどこに行こうかと話しながら学校を出た。

風はまだまだ強くて、街路樹に残る茶色い葉っぱをどんどん吹き飛ばしていく。

そんな中、土手までやってきたときだった。私たちは斜面《しゃめん》に立っている女性に自然と視線を引きつけられた。私はその人に見覚えがあった。同じ町内に住む、佐伯《さえき》さんというシニアの女性だ。

その佐伯さんは吹きすさぶ風のなか、虫取り網《あみ》のようなものを持っていた。ただ、その棒の先には網ではなくてビニール袋《ぶくろ》がつけられていて、佐伯さんはそれを構えながら宙をじっと見つめていた。

「何してるんだろ……」

気になって二人で見ていた、次の瞬間だった。佐伯さんは手にしたものを素早《すばや》い動きで掲《かか》げると、蝶《ちょう》でも捕《つか》まえるように袋をバッと地面に伏《ふ》せた。

私は唯と顔を見合わせる。

もう、聞くしかないよね……!?

お互《たが》いにうなずき合うと、そちらのほうに駆け寄った。

佐伯さんは私の姿を認めると、「あら、美菜さん」と微笑《ほほえ》んだ。私は唯のことを紹介《しょうかい》しつつ、何をしていたのかと尋《たず》ねてみた。

「木枯《こが》らしを捕まえてたの」

佐伯さんはパンパンに膨《ふく》らんだ袋を取り外し、口のところをぎゅっと結んで差しだした。

「ほら、木枯らし3号よ」

「3号……?」

私は首をかしげてしまう。木枯らし1号というのなら、聞いたことがある。たしかこの時期に吹く強くて冷たい風のことで、今年も少し前に吹いたとテレビのニュースでやっていた。

でも、3号というのは初耳で、私は尋ねる。

「あの、木枯らしって1号以外にもあるんですか……?」

「ええ、そうよ。と言っても、気象庁が発表するのは1号だけで、そこからは私みたいな木枯らし収集家がそう呼んでるだけだけどね」

「収集家……えっと、佐伯さんは木枯らしを集めてるってことですか……?」

佐伯さんは微笑みながらうなずいて、こんなことを話してくれる。

世の中には趣味《しゅみ》で風を集めている風収集家という人がいて、自分もその一人なのだと。

そして、風の中でも特に木枯らしを中心に集めていて、毎年この時期になると天気図をにらみながら捕まえに出かけているのだという。

「ちなみに、収集家の間では木枯らし1号だけは捕まえちゃいけない決まりになっててね。だから、私のコレクションも、ぜんぶ2号からよ」

「どうしてダメなんですか……?」

「1号には冬告人《ふゆつげびと》が乗っているの」

瞬間、もしかして、と私は言った。

「それって、春告人みたいな存在ですか……!?」

「あら、知ってるのね！　そう、春一番に乗ってやってくる春告人みたいに、冬告人は木枯らし1号に乗ってやってきて冬を告げて回ってくれるから、邪魔《じゃま》をしないようにね」

私はへぇぇと感心しながら、冬告人という存在にもいつか会ってみたいものだなぁと思う。

そのとき、佐伯さんの持った袋がガサゴソ動いて、唯が言った。

「えっ、動いてる……!?」

「ふふ、風は生き物みたいなものだから」

直後、私は思わず口にしていた。

「あの！　佐伯さんのコレクション、見せてもらえないですか……!?」

佐伯さんは一瞬きょとんとしたあとで、にっこり笑った。

「構わないわよ。ぜひ、うちにいらっしゃい」

唯も行きたいと声をあげ、私たちはいったん家に帰ってから佐伯さんのお宅に集合することになったのだった。


そうして唯と二人でお邪魔すると、佐伯さんは地下の部屋に案内してくれた。階段の途《と》中《ちゅう》から急に寒くなってきて、佐伯さんは言った。

「木枯らしには寒い環境《かんきょう》が必要だから、地下がちょうどよくってね」

次の瞬間、飛びこんできた光景に、私と唯は感嘆《かんたん》の声をあげていた。部屋の壁《かべ》一面に、引きだしのたくさんついたレトロな棚《たな》が取りつけられていたからだ。その引きだしのひとつひとつには「1987年　木枯らし6号」のように年と名前が書かれていて、私は尋ねた。

「これって、いつの分からあるんですか……？」

いてね」

「ざっと四十年くらい前からかしら。ときどき、学者の人が気象の研究のためにやってきたりもするわね。さ、ここからもっと冷えるから、美菜さんと唯さんはそこに入って見ていてね」

部屋の真ん中にはこたつがあって、私たちはお言葉に甘《あま》えて入りこむ。

そのあとで、佐伯さんは引きだしのひとつをこんこんこんとノックした。すると、その引きだしはガタガタタッと揺《ゆ》れて反応し、勢いよく勝手に開いた。

「ふふ、そっちに行ったわよ」

その瞬間のことだった。私たちは木枯らしにびゅぅっと吹かれて髪《かみ》が乱れた。かと思ったら、それは前後左右から何度も吹きつけてきて、二人してもみくちゃにされる。

「わぁっ！」

唯と一緒に叫《さけ》ぶものの、不思議とぜんぜん不快じゃなかった。それどころか、じゃれつかれているようでかわいらしく思う気持ちが心の内に芽生えてくる。

「あらあら、二人とも風に好かれるタチみたいねぇ」

やがて佐伯さんがピューッと指笛を吹くと、木枯らしは引きだしの中へと戻《もど》っていった。

佐伯さんは別の木枯らしも次々に出して披露《ひろう》してくれ、私たちは「ひゃーっ！」と言いながらも吹かれることを心から楽しむ。

佐伯さんは、木枯らしのおもちゃだという木の葉のついた枝も渡《わた》してくれた。掲げてみると、木枯らしはびゅぅっと吹いて木の葉を散らして遊びだし、微笑ましい気持ちに包まれる。

最初のほうは風ごとの違《ちが》いは分からなかった。でも、だんだん個性のようなものを感じはじめ、いっそうおもしろくなってくる。

「あの、佐伯さんは木枯らしのどういうところが好きなんですか?」

尋ねると、佐伯さんは言った。

「びゅぅっと吹いて、何もかもまっさらにしてくれるところよ。中には、そうして木の葉の散った木とかを見ると寂《さび》しさを覚える人もいるみたいだけどね。私はむしろ、飾《かざ》らないまっすぐな強さを感じて清々《すがすが》しさを覚えるの。だから、そんな景色をもたらしてくれる木枯らしが好きなのよ」

私たちはいただいたみかんを頬張《ほおば》ったりしながら、さらにいろんな木枯らしと遊ばせてもらう——。


その帰り道、唯と並んで歩くなか、私は言った。

「よし、決めた!」

唯は、びくっと反応した。

「なに、いきなり……!」

ごめんごめんと謝りながら、私はつづける。

「やりたいことが、やっと見つかったんだーっ」

私は吐露《とろ》する。少し前まで、唯を含《ふく》めた周りの人たちと自分を比べて、へこんでばかりいたこと。自分は平凡《へいぼん》な人間だと、コンプレックスを感じていたこと。けれど、春告人のハルカさんと出会ってから、自分は自分だと思えたこと――。

「ただ、なかなかやりたいことが見つからなくて……だけど、私、たぶんそのときどきでしか味わえない季節のものが好きなんだなって分かってきたの。あと、唯が言ってくれた、引き寄せるってこと……これからはもっともっと季節に目を凝《こ》らして、知らないことをいっぱい見つけてやるぞって決めたわけ」

唯はなるほど、と笑顔を見せた。

「いいじゃん！　美菜らしい感じだねっ」

「ありがと！　……ってことで、とりあえず、霜柱が柱になってる家でも探しに行ってみようかなーっ」

「えっ！　あったら絶対教えてね……！」

そのとき、強い風がびゅうっと吹いた。それは私の中に残っていた最後の迷いや不安を余すことなく吹き飛ばす。

飾らずに、まっすぐに――。

木枯らしを背中に受けながら、私は清々しい気持ちで大きく一歩を踏みだした。

◉立冬 Ritto 11月7日-11月21日頃《ごろ》

暦《こよみ》の上では、この日から冬となる。
木枯らしが吹き、冬の訪れを感じる頃。
＊作品に登場する主な季節のもの＝霜柱／木枯らし／こたつ／みかん

小雪

カワセミの石

祐樹《ゆうき》が思わず立ち止まったのは、午前中の塾《じゅく》の帰り、公園を横切っていたときだった。昼下がりの公園では骨董市《こっとういち》が開かれていて、多くの人でにぎわっていた。

そのとき、並んだ店のひとつになんとなく視線をやって、一瞬《いっしゅん》にして心を奪《うば》われた。コバルトブルーに輝《かがや》く美しいものがたくさん置かれていたからだ。

祐樹が近づいてよく見てみると、それらは指輪やネックレスなどのアクセサリーだった。共通しているのは、どれもにコバルトブルー、そしてオレンジや白や黒も少し混ざった小さな丸い石がはめこまれていることだった。

見入っていると、店主の老人がニヤリと笑った。

「この石はな、すべて鳥なんだよ」

「鳥、ですか……？」

「ああ、カワセミを知っておるかね？」

その瞬間、あっ、と思った。コバルトブルーの羽に、オレンジ色の胸部、白い耳元や喉《のど》元《もと》に、黒いクチバシ……そんなカワセミの姿が浮《う》かんできて、目の前の石の色合いと重なったのだ。

「言われてみたら、カワセミみたいな感じですね」

祐樹が言うと、店主は首を横に振《ふ》った。

「〝みたい〟ではなくてね。これはカワセミが石に姿を変えたものなんだ。見ていなさい」

店主は並んだものの中から指輪を取って手のひらにのせた。

目を疑ったのは、その直後のことだった。

指輪にはめこまれていたコバルトブルーの石が素早《すばや》く飛びだしてきて、店主の肩《かた》に乗っかった。それは紛《まぎ》れもなくカワセミで、指輪を見ると石のはめこまれていた部分はぽっかり穴が開いていた。

カワセミが高い声でチーッと鳴くなか、店主はいたずらっ子のような笑《え》みを浮かべた。

「どうかね。おもしろいものだろう？　カワセミは〝渓流《けいりゅう》の宝石〟と呼ばれることがあるが、実際に石に姿を変えられる個体が少なくない数おるんだよ。水辺に青い石が落ちていれば、ほぼ間違《まちが》いなくカワセミだ。特に雨のあとなどには大量に落ちていることがあってな。いっせいに鳥に戻《もど》って羽ばたいていく様は圧巻だ」

　そのとき、カワセミが店主の肩から飛び立って、元あった指輪の穴に吸いこまれるように入っていった。祐樹がまばたきをして目を開けたときには、カワセミはすっかりコバルトブルーの石へと戻っていた。

「このカワセミらは、なにも無理してここに収まっているわけではないし、アクセサリーは鳥カゴともまったく違う。自由に飛びでて、どこにでも行けるわけだからな。が、こやつらはここが気に入っておってな。逃《に》げだすこともなく、そのうちこうして戻ってくるんだ」

　祐樹は呆然《ぼうぜん》としながら店主の話を聞いていた。けれど、気持ちが落ち着いてくると目の前の石と先ほど見たカワセミの美しさや愛らしさが思い起こされて、戸惑《とまど》いよりも惹《ひ》かれる気持ちが強くなった。

　価格を見ると少し値は張ったものの、貯金をはたけばギリギリ手が届くくらいで、祐樹は言った。

「あの、あとでお代を持って戻ってくるので、選んだものを取っておいてもらうことはできますか……?」

　店主は白い歯を見せながらうなずいた。

「ああ、いいとも。恋人《こいびと》への贈《おく》り物《もの》だね?」

「えっ……！」

図星を指され、祐樹はしどろもどろになってしまう。

美しいコバルトブルーの品々に、祐樹自身もどれかひとつ欲しいなぁとは思っていた。が、店主の言う通り、いま考えていたのは彼女《かのじょ》へのプレゼントとしてだった。その彼女——茉莉《まり》とは、もうすぐ付き合って半年になる。きたる記念日にサプライズで何か贈りたいなと思っていたところに、この店と出会ったのだった。

動揺《どうよう》する祐樹に、店主は笑って言った。

「特別に少しまけてやるから、好きなものを選びなさい」

「ありがとうございます……！」

そうしてアクセサリーを選びはじめ、祐樹はあることに気がついた。きっと個体差だろう、石の色はひとつずつ微妙《びみょう》に違っていたのだが、その中でも赤っぽい色が混ざっているものとそうでないものがあるようだった。

どうしてなのかと尋《たず》ねると、店主は言った。

「メスとオスの違いでね。カワセミはクチバシの下が赤いのがメスで、黒いのがオスなんだ」

「へぇぇ……」

やがて、祐樹はひとつに決めた。それはブローチで、枝をデザインしたような金色の台に、メス特有の赤の混じった石がはめこまれたものだった。

「これにします！」

いったん家に帰って戻ってくると、店主はブローチを小箱に入れて渡《わた》してくれた。

「フタを開けなければ、カワセミに戻ることはない。特に世話は必要ないが、ときどき水辺に連れていってやることだ」

はいっ、と言って、大事にそれを持ち帰った。


祐樹は当初、プレゼントするものなのだから記念日までは小箱の中にしまっておこうと思っていた。

でも、なんとなく閉じこめているようで申し訳なくなってきて、休日にブローチを連れだすことにした。

電車で訪《おとず》れたのは河原で、祐樹は岸壁《がんぺき》に腰《こし》かけて小箱のフタを開けてみた。コバルトブルーのその石は、しばらくのあいだ動かなかった。が、そのうちキラッと表面が光ったように見え、直後、ブローチから飛びだしてきてカワセミになり、近くの岸壁にちょこんと留まった。

それはやっぱり美しくて愛らしく、祐樹はほれぼれしてしまう。

次の瞬間、カワセミはパッと飛び立って川に向かった。かと思ったら矢のように水中に飛びこんでいき、銀色の小魚をクチバシで捕《つか》まえて戻ってきた。

おいしそうに飲みこむカワセミに、祐樹は微笑《ほほえ》ましい気持ちになる。やがてカワセミはまた飛んでいき、空中でホバリングしてから水中へとダイブする――。

半年記念の日がやってきて、祐樹はサプライズの成功を祈《いの》りながら緊張感《きんちょうかん》に包まれていた。

デートの最初には、河原に行こうと誘《さそ》っていた。この時期に外でデートだなんて変に思われるかもとは思ったけれど、茉莉はすんなりオーケーしてくれた。懸念《けねん》していた寒さも、小春日和《びより》でずいぶん和《やわ》らぎ安堵《あんど》した。

それでも、喜んでくれるだろうか、という不安は胸にある。

茉莉と待ち合わせて河原をぶらぶら歩きながら、祐樹は言った。

「そのへんに座《すわ》らない……？」

茉莉は、うん、とうなずいて、二人して岸壁に腰かける。

直後、祐樹は小箱を差しだした。

「あのさ！　これ……！」

現れたコバルトブルーのブローチに、茉莉は「えっ！」と目を見開いた。

気に入ってくれるかな……!?

緊張がピークを迎《むか》えるなか、返ってきたのは想定外の言葉だった。

「ウソ、祐樹くんも……!?」

祐樹が困惑《こんわく》していると、茉莉は何かを取りだした。それはコバルトブルーの石をたたえたネックレスで、祐樹は言葉を失った。

「私もさ、似合うかなって……」

茉莉は話す。通りかかった骨董市で偶然《ぐうぜん》見かけた店のこと。店主から教わった石のこと。祐樹へのいいプレゼントになると思い、オスのカワセミがはめこまれたネックレスを買ったこと。

「こんなことがあるんだね……でも、ありがと！　すっごくうれしい！」

笑顔の茉莉に、祐樹も遅《おく》れてこう言った。

「びっくりしたけど……こっちこそうれしい！　ありがとう！」

そうして、ネックレスとブローチを交換《こうかん》し合ってすぐだった。二つの石がカワセミへと姿を変えて岸壁に並んでちょこんと留まった。

瞬間、祐樹のカワセミが飛び立って、川面《かわも》へと突入《とつにゅう》した。そして小魚を捕まえると口にくわえたまま戻ってきて、茉莉のカワセミに小魚を渡そうとするそぶりを見せた。

「これって、求愛給餌《きゅうあいきゅうじ》だ！」

茉莉が言って、祐樹は尋ねる。

「なにそれ……」

「お店の人に教えてもらってさ。カワセミのオスは求愛のためにメスにエサをあげるんだって。ふつうは春とかの繁殖期《はんしょくき》にするらしいんだけど……今日は暖かいから春と勘違《かんちが》いしてるのかな」

そのとき、茉莉のカワセミがエサを受け取ったのが見え、祐樹は照《て》れ臭《くさ》くなる――。


それ以来、祐樹はもらったネックレスを大切に身につけている。茉莉ともときどき河原に出かけ、カワセミの飛ぶ姿を眺《なが》めながらのんびり過ごしたりもしている。

そんな中、暖かい日は一人で河原に行くこともある。石に現れる変化を楽しむためだ。

今日も、コバルトブルーを基調とした祐樹の石には別の色が加わっている。

茉莉のカワセミに渡すためにくわえたままになっている、小魚由来の銀色が。

◉小雪　Shosetsu　11月22日–12月6日頃《ごろ》

日を追うごとに寒さも増し、山間部の紅葉《こうよう》が散り、初雪が舞《ま》いはじめる頃。
春のように暖かい「小春日和」の日も。
＊作品に登場する主な季節のもの＝カワセミ／小春日和

大雪

雪の陶芸家

「いきなりこんなことを聞かされても困るかもしれないけど……よかったら、聞いてもらえないかな？」

目の前の女性が口を開いて、なんだろうと思いながら私はうなずく。

「小さい頃《ころ》の思い出で、忘れられないことがあってね」

そう言って、その女性は話しはじめる――。

あれはもう、三十年以上も前のことなんだけど。

あるとき私は、家族みんなで山あいの集落で暮らすことになって。父親が一か月の移住体験プログラムに申しこんだの。季節はこれから本格的に冬になるっていうときで、母親はなんで今なのって文句を言ったらしいんだけど、父親は移住を決める前に厳しい時期をちゃんと知っておくべきだって。それで、その集落にあった空《あ》き家《や》で少しのあいだ暮らすことになってね。

そうして住みはじめてすぐ雪が降って、あたりの景色は真っ白になった。最初のうちは、物珍《ものめずら》しくて心が弾《はず》んだものだった。でも、そのうち暇《ひま》で仕方がなくなってきて。両親は地域の仕事の手伝いで昼間はほとんどいなくって、一人での雪遊びにも飽《あ》きてきて。

リンちゃんと出会ったのは、そんなある日のことだった。庭で雪だるまをつくってたら、少し年上って感じの女の子がそこにいてね。その子がリンちゃんで、一緒《いっしょ》に遊ぼうって言ってくれて。

リンちゃんがおうちに誘《さそ》ってくれたのは、二人で雪合戦をしたあとだった。

「千佳《ちか》ちゃん、遊びにおいでよ！」

私はすごくうれしくて、お言葉に甘《あま》えることにして。

リンちゃんの家は集落の端《はし》にあって、玄関《げんかん》先にはあるものが飾《かざ》られてた。それは赤い南天の実の目と葉っぱの耳を持った、かわいらしい雪ウサギで。

「これ、リンちゃんがつくったの？」

そう尋《たず》ねたら、リンちゃんは首を横に振《ふ》って。

「おじいちゃんだよ」

びっくりしたのは、へぇ、って言った直後でね。その雪ウサギが、まるで生きてるみたいにぴょんって跳《は》ねたの。そうしてそのままぴょんぴょんと雪の中を跳ねていって。しかも、その先には同じような雪ウサギがたくさんいて、いっせいに跳ねて白い景色の奥《おく》に消えていったの。

呆然《ぼうぜん》としてると、リンちゃんが言った。

「おじいちゃん、雪の陶芸家《とうげいか》なの。趣味《しゅみ》でもああして、いろいろつくってるんだー」

私は混乱しながらも、家の中に入れてもらった。

そこは自宅を兼《か》ねた作業場で、棚《たな》にはお皿とか小鉢《こばち》とかの白い器《うつわ》が並んでた。白っていっても陶磁器の白とは全然違《ちが》って、青さを感じるすごく静かな白だった。

そのとき、リンちゃんが声をあげて。

「おじいちゃん！」

振り返ると作務衣《さむえ》姿の銀髪《ぎんぱつ》の人がいて、それが雪の陶芸家——白木《しらき》さんだった。

白木さんは口数の少ない人だったけど、優《やさ》しい人だなって思ったのを覚えてる。私が器に興味を持ったことを知ると、目の前で実演までしてくれて。両手いっぱいくらいの雪のかたまりから手びねりで形をつくっていって、みるみるうちに雪のコップができあがったの。

「あとは寒風にさらして凍結《とうけつ》させたら、完成だよっ」

そう言って、リンちゃんが白木さんの代わりにいろいろ教えてくれてね。白木さんのつくる雪の器はちょっとやそっとじゃ溶《と》けたり割れたりはしないけど、熱いものには強くないこと。でも、冷たいものを入れるにはうってつけで、食べ物も飲み物もよく冷えるから夏場は特に重宝すること。

「おじいちゃんはね、雪の声が聞こえるんだって。こういう形にしてほしいって。あとはその通りにつくってくだけだよ。ね？」

隣《となり》で微笑《ほほえ》みながらうなずく白木さんに、すごいなぁと思ったものだった。

私は雪ウサギのことも思いだして、どうやってつくったのか聞いてみた。そうしたら、リンちゃんがこう教えてくれて。

「おんなじだよ。雪ウサギにしてほしいって声が聞こえたら、その通りに形をつくってあげるの。そしたら自然と動きだすんだー」

私は白木さんを尊敬する気持ちでいっぱいになったなぁ。

それからの毎日はリンちゃんがいてくれたから、一気におもしろいものになってね。

二人でよくやったのは、雪ウサギを追跡《ついせき》する遊びだった。雪に残った動物の足跡《あしあと》の中から雪ウサギのものを探しだして、一緒にたどって。雪ウサギの姿を見つけると、雪に足を取られながら追いかけて。結局、追いつけたことは一度もなかったんだけど、二人ではしゃいで本当に楽しい時間だった。

そのうち、もっと驚《おどろ》くことも起こってね。

あるときリンちゃんの家に行って玄関の扉《とびら》を開いたら、大きな鳥がバサバサッと飛びだしてきて。びっくりして固まってたら、リンちゃんが出てきてこう言ったの。

「大鷺《だいさぎ》だよ。おじいちゃんがつくって、クチバシとかに色もつけたの」

その青空に羽ばたく白い鳥の姿は、今でも目に焼き付いてる。

また別の日には、うちにやってきたリンちゃんが大きなサケを抱《かか》えてて。本物にしか見えなかったけど、それも白木さんがつくったもので、リンちゃんは言った。

「川に放しに行こうよっ」

訪《おとず》れた近くの小川では、故郷に帰ってきたたくさんのサケが泳いでた。そこに抱えたサケを放してあげると、すいすい泳ぎはじめてね。いちど群れに混じったら、どれが白木さんのつくったものなのか分からなくなった。

その光景を眺《なが》めながら、私はずっと気になってたことをリンちゃんに聞いて。

「雪から生まれた生き物は、冬が終わったらどうなるの……?」

「自然の中に還《かえ》ってくの。でも、また冬がきたら雪の中からおじいちゃんが見つけて出してあげて、命はつづいてくんだよ」

私たちはそんなふうに楽しく過ごしてたんだけど、お別れの日はやってきて。一か月の移住体験が終わって、家に帰ることになったの。

最後の日、リンちゃんは見送りにきてくれて。

「千佳ちゃん、また会おうね！」

寂《さび》しさをこらえながらうなずいて、私はリンちゃんとお別れした。

またすぐに会えたらいいな……。

そう思ってたんだけど、移住の話は結局そのあとなしになって、私はすっかり元の生活に戻《もど》ってね。

次にその場所を訪れたのは、十年以上がたってからのことだった。リンちゃんたちのことがずっと忘れられなくて、大学生になって旅行がてら訪れてみたの。

そこで私は、いろいろショックを受けることになって……。

ひとつが白木さんのことだった。おうち自体は残ってた。でも、白木さんは数年前に亡《な》くなってて、まずそのことに胸を痛めて。もうひとつがリンちゃんのことで、近所の人に居場所を聞いたらこんな答えが返ってきたの。

「ああ、白木さんとこの雪ん子だね」

えっ、と思って詳《くわ》しい話を聞くうちに愕然《がくぜん》として。リンちゃんも、雪ウサギとか大鷺とかサケみたいに雪から生まれた存在だって教えられたの。

まさかって思いもあった……けど、私はこの目でいろんなものを見てたから、しばらくすると受け入れてた。

それで、いったんはその場をあとにしたんだけどね。少ししてから、また集落に戻ってきて。私も白木さんみたいな雪の陶芸家になろうって決意してのことだった。もともとうっすらそういう気持ちはあったんだけど、リンちゃんのことを聞いてから心が定まった感じでね。

私は白木さんの家を借りて移住して、残ってた器とかメモを研究しながら独学で雪の陶芸家を目指しだしたの。

雪の声が聞こえるようになるまでには何年もかかったし、技術が身につけば身につくほど白木さんのすごさも痛感した。でも、つづけるうちに少しずつ器の注文をもらえるようになっていって。

そうして、今に至るっていうわけなの――。

目の前の女性はそこまで話すと、ひと息ついた。

でも、まだつづきがありそうな感じがして待っていると、女性はもういちど口を開いた。

「雪の声が聞こえるようになってからもね、動くレベルで生き物を出してあげられるようになるまでが、また長くって。それに、ずっと果たせなかったこともあったんだけど……やっと実現できたのかな」

そして、女性はこう口にした。

「こんなに時間がかかっちゃって、ごめんね。ねぇリンちゃん、私のこと、覚えてくれてるかな……？」

　女性はとても不安げだった。

　でも、私はよく覚えていた。相手のことも、思い出も。

　私は、うんっ、とうなずいた。

「もちろん！　千佳ちゃん、久しぶりだね！」

　そして、すぐにつづけた。

「それよりさ、早く行こうよ！」

　その女性――千佳ちゃんは、喜びと戸惑《とまど》いが混じったような表情になったけど、私は気にせず指さした。

「ほら、あそこ！」

　降り積もった雪の上には小さな足跡が点々とつづいていて、気づいた千佳ちゃんが笑顔になる。

　私はそんな千佳ちゃんの手を取ると、遠くでぴょんぴょん跳ねる雪ウサギを夢中になって追いかけはじめた。

◉大雪 Taisetsu 12月7日－12月21日頃

雪が降り積もり、本格的な冬が到来《とうらい》する頃。

＊作品に登場する主な季節のもの＝雪／雪ウサギ／大鷺／サケ

冬至

日の出引き

友達《ともだち》みんなと初日の出を見に行くことになったのは、冬休み直前のことだった。そんな朝早くに友達と出かけるのも、初日の出を見に行くのも初めてで、おれはその日を心待ちにした。

そして、大晦日《おおみそか》の夜、年越《としこ》しそばを家族で食べてのんびりテレビを眺《なが》めてから、おれはひとり部屋に戻《もど》った。朝までは寝《ね》ないで過ごすことにして、除夜の鐘《かね》を遠くに聞きながら漫画《まんが》を読んで時間をつぶす。

自転車で出発したのは六時を過ぎた頃《ころ》だった。目指すは町外れにある山で、真っ暗ななか白い息を吐《は》きながらそこへと向かう。

山頂の展望台にたどりつくと、友達も続々とやってきた。ハイテンションで新年のあい

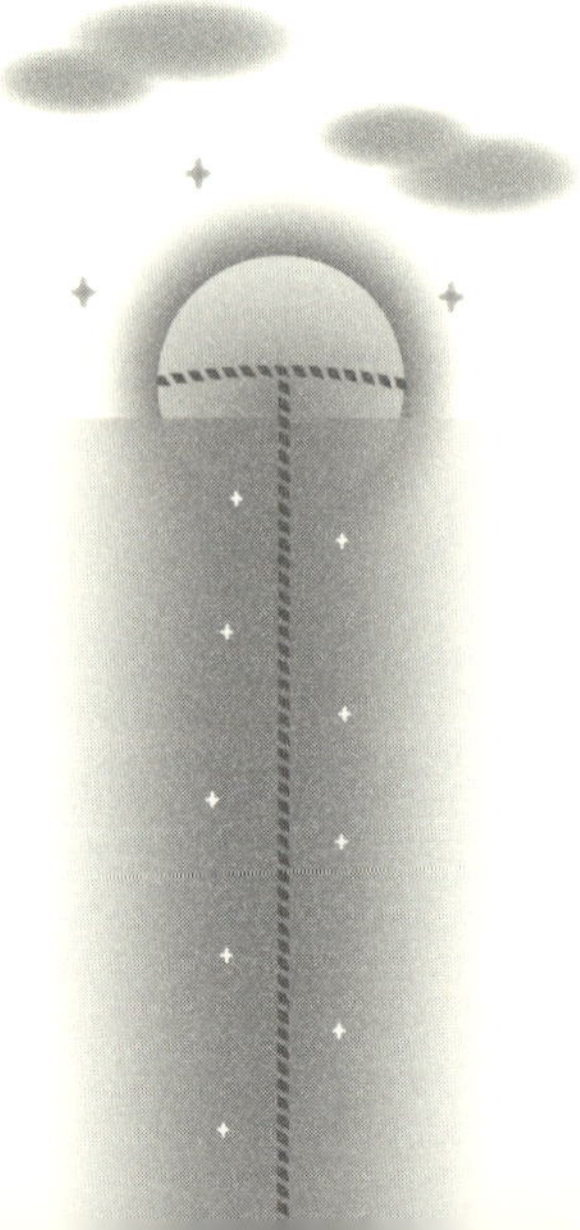

さつを交《か》わしつつ時計を見ると、日の出までは三十分くらいだった。

ワイワイと声が聞こえてきたのは、遠くの山の稜線《りょうせん》から昇《のぼ》ってくるはずの朝陽《あさひ》を想像していたときだった。振《ふ》り向《む》くと、街灯のもと、白装束《しろしょうぞく》にハチマキ姿のたくましい男の人たちがやってきていた。

「なんだろ……」

友達とこそこそ言い合っていたとき、おれは気づいた。その男衆の中に、同級生の佐々《ささ》木《き》がいることに。

「なぁ、なにやってんの？」

近づいて尋《たず》ねると、佐々木はこちらを認めて、おお、と言った。

「今から日の出引きなんだ。今年は引き手の人たちがケガとか病気とかで人手が全然足りなくて、親父《おやじ》に動員されてさ」

「日の出引き？」

そう、とうなずき、佐々木は言う。

ふだんの朝陽は放っておいても自然と昇ってくるものだけど、初日の出だけはそうじゃなく、人が引っ張りだす必要があるのだ、と。というのも、前の年の朝陽は大晦日の朝で昇り納めになって、新年からはまた新しいものが昇りはじめる。が、昇った経験のない新しい朝陽は自分からは出てこようとしないので、綱《つな》で引っ張りだしてやらねばならない。

「でも、向こうは向こうで強い力で引っ張るから、簡単じゃなくてさ。昔は朝陽が粘《ねば》って初日の出の時間が遅《おく》れることもザラで、大変な年は初日の出が二、三日昇らないなんてこともあったらしくて。まあ、今は本当にヤバイときはトラックで引いちゃうからなんとかなるけど、なるべく人の手でやろうっていうのが方針で」

そのとき、「おーい、はじめるぞーっ！」という声が聞こえてきて、佐々木は「行ってくる」と言って走っていった。

おれは残された友達みんなと顔を見合わせた。だれもが佐々木の言葉にきょとんとしていて、「あれ、本当かな……？」などとささやき合う。

そんなおれたちの前で、佐々木を含《ふく》めた男衆は桶《おけ》を手に取り、紙垂《しで》のついた樽《たる》から何かをすくって順々に頭からかぶりはじめた。それは水らしく、気合いを入れる声が聞こえてくる。

直後、綱引きで使われるような太い綱が運ばれてきた。片側の先は輪になっていて、男衆の一人が輪投げで狙《ねら》いを定めるような仕草を見せたあと、遠くのほうにポーンと放った。輪が暗闇《くらやみ》に消えるなか、綱はどんどん出ていって、やがて止まる。

次に男衆は綱に沿って交互《こうご》に並ぶと、綱を脇《わき》にはさんで構えを取った。

「用意はいいかーっ！」

先頭の人から声が上がると、「おおーっ！」と威勢《いせい》のいい返事がある。

「行くぞぉー！　そーれっ！」

瞬間《しゅんかん》、男衆はいっせいに身体《からだ》を傾《かたむ》け、全体重をのせて綱を後ろに引きはじめた。「よいしょ！　よいしょ！」という掛《か》け声《ごえ》がこだまして、おれたちは自然と理解する。本当に朝陽との綱引きがはじまったんだ、と。そうなると応援《おうえん》したい気持ちが湧《わ》いてきて、がんばれっ、と心の中でエールを送る。

男衆は少しずつだが確実に、じわじわと綱を後ろに引いていく。一番後ろにいる人は、一定ラインまで下がったところで素早《すばや》く先頭に移動して、また綱を引く。引かれた綱は、とぐろを巻く大蛇《だいじゃ》のようにおれたちの前にたまっていく。

やがてピンと張った綱の先、東の空が明るくなりはじめ、山の稜線がはっきりしてきた。

「よいしょ！　よいしょ！」と声が上がりつづけるなか、初日の出を見に来たほかの人の姿も暗闇の中から浮《う》かびあがる。

が、その直後、綱の動きが急に止まった。かと思ったら、男衆がずるずると向こうに引かれはじめた。空の色も暗くなってきて、おれは悟《さと》る。ここに来て、朝陽が底力を発揮《はっき》しだしたのだ、と。

そのとき、男衆の一人が叫《さけ》んだ。

「すみません！　どなたか力を貸してくれませんか!?」

今年は引き手の人手が足りてない——そんな佐々木の言葉がよみがえり、おれはすぐに駆《か》けだした。友達みんなも駆け寄って、とぐろを巻いたところから綱を手に取り引きはじめる。

「よいしょ！　よいしょ！」

おれたちは声をそろえて朝陽に挑《いど》む。周りの歓声《かんせい》も大きくなるなか、今度はこちらが盛り返し、東の空が再びまばゆい光を放ちだす。

もうすぐだ――。

あっ、と思ったのは、そのときだった。おれは足を滑《すべ》らせて尻《しり》もちをついた。その影響《えいきょう》で周りの友達も次々転び、あっという間にサポート組は崩壊《ほうかい》した。

早く立て直さないと……！

そう思うも手遅れで、形勢は一気に逆転して男衆はずるずる引きずられていく。抵抗《ていこう》も虚《むな》しく綱の出ていくスピードは増すばかりで、男衆の一人が声を上げた。

「いったん中止だ！　せーので離《はな》れろっ！　せーのっ！」

その合図で、おれたちは綱から飛びのいた。瞬間、綱はすごい勢いで引かれていって、こちら側の端《はし》っこまで瞬《また》く間に消えていった。

再び暗闇が訪《おとず》れてあたりが騒然《そうぜん》とするなかで、佐々木の声がそばで聞こえた。

「最悪だ……」

恐《おそ》る恐《おそ》る、おれは尋ねた。

「これって、どうなるの……？」

「とにかく早くやり直さないといけないけど……まずは沈《しず》めるところからだね」

「沈める？」

そのとき、空が明るくなりはじめ、佐々木が言った。

「ほら、急に手を放したから、勢い余ってあっちから……」

おれは呆然《ぼうぜん》としながら、その光景に釘付《くぎづ》けになる。

オレンジ色の神々《こうごう》しい光を放ちながら、初日の出が西の空から昇ってきていた。

◉冬至 Toji 12月22日－1月4日頃
一年で最も昼が短い日。
新年を迎《むか》える節目の時季で、さまざまな行事がある。
＊作品に登場する主な季節のもの＝初日の出／年越しそば

小寒

七草ガチャ

正月も過ぎた一月七日の朝。大介《だいすけ》は気合いを入れていた。

一年間、この日に向けてバイトに勤《いそ》しみ貯金をしてきた。今年こそ全部そろえるぞ、と前のめりで家を出る。

外は寒《かん》の入《い》りを迎《むか》えて厳しい寒さで、大介はダウンコートに身を縮めながら歩きはじめる。その場所に到着《とうちゃく》すると、開店前にもかかわらず多くの人が並んでいた。みんな待ち切れない様子でそわそわするなか、大介も列に加わりそのときを待つ。

やがて店がオープンし、速足で目当てのコーナーに向かった。そこにはカードゲームのパックに似たものがたくさん並べられていて、手はじめに二十パックほどを大人買いする。

声が聞こえたのは、店の外の特設会場でさっそく開封《かいふう》しようとした瞬間《しゅんかん》だった。

「お兄ちゃん、もうスーパー行ってきたの？」

そこにいたのは妹の華《はな》で、大介はうなずく。

「もたもたしてたら、そろうものもそろわないから」

華が「ふーん」と言っていなくなると、大介は心を躍《おど》らせながらパックをひとつ開封した。

中から出てきたのは、新鮮《しんせん》なセリだった。

「まあまあまあ……」

つぶやきながら、ほかのパックも開けていく。セリのほか、ナズナにゴギョウ、ハコベラなどが顔を出す――。


〝七草ガチャ〟が誕生《たんじょう》したのは、春の七草離《ばな》れが世間で叫《さけ》ばれはじめた頃《ころ》のことだった。

セリ、ナズナ、ゴギョウ、ハコベラ、ホトケノザ、スズナ、スズシロ。

それら春の七草は、無病息災を願ったり正月のおせち料理で疲れた胃を休めたりするために、一月七日に七草粥《がゆ》にして食べるのが習わしだ。が、ライフスタイルの変化で食べない人が増えてきた。そこで、七草粥に興味を持ってもらおうとはじめられたのが、この企《き》画《かく》だった。

七草ガチャのパックには、七草のうちのどれかひとつがランダムで封入されている。パックはスーパーや八百屋《やおや》で手に入り、販売《はんばい》時間は一月七日の朝から十八時まで。プレイヤーはそれを買って七草すべてをそろえるのが基本的な目標で、そうして集めた七草で粥をつくって食すまでが務めとされる。

とはいえ、七草すべてがそろわないこともザラにある。が、そんなときも手に入れた草だけで粥をつくることが推奨《すいしょう》され、逆に最近ではあえて特定の草だけを集めて粥をつくる人がいたり、混ぜる七草の比率を自分好みにアレンジして粥をつくる人もいたりする。いずれにしても余った草を捨てるのだけはご法度《はっと》で、粥であろうがなかろうが、引いた草は調理しておいしくいただくのが大事な決まりだ。

そんな中、大介は新たなパックを開けて歓喜《かんき》した。

「よっしゃ！　金のホトケノザ！」

その瞬間、周りで開封していた人たちの視線が大介に集まる。中には見に来る人もいて、

「おおっ！」と大きな声があがる。

大介は誇《ほこ》らしい気持ちになりながら、目の前のものをまじまじ眺《なが》めた。金のホトケノザは文字通り金色に輝《かがや》いていて、美しかった。品種改良でつくられたもので、問題なく食べられて味も通常のホトケノザと変わらないという代物《しろもの》だ。

大介はその金のホトケノザを手元のホルダーに収めながら、またパックを開けていく。

セリ、セリ、ハコベラ、とつづいたところで今度は銀色に輝くナズナが顔を出し、思わず

ニヤニヤしてしまう。

あの、と声をかけられたのは、そのときだった。

「すみません、金のホトケノザ、何かと交換《こうかん》してもらえませんか？」

振《ふ》り向《む》くと男性が立っていて、こうつづけた。

「ホトケノザを集めてるんです」

なるほど、一種類の草を中心に集める一草《いちくさ》マニアか。

そう思いながら、大介は差しだされた相手のホルダーをのぞきはじめる。そのほとんどが金や銀のホトケノザで、もうこんなに集めたのかと驚嘆《きょうたん》する。

そのとき、大介は目を見開いた。ホルダーの中に、金のスズシロを見つけたからだ。

「えっと、これとなら交換してもいいですけど」

ホトケノザのマニアなら、もしかすると交換してくれるんじゃ……。

そう期待したけれど、「さすがにそれは」と断られた。代わりに銀のスズシロ二つでどうかと提案されるも、今度は銀に興味の薄《うす》い大介が断って、交渉《こうしょう》は残念ながら決裂した。

それでも、まあ仕方ないかとあきらめる。というのも、七草にはレア度があり、通常の色、銀、金の順に貴重なものになっていく。それに加え、レア度はセリ、ナズナ、ゴギョウ、ハコベラ、ホトケノザ、スズナ、スズシロの順でも高くなる。つまりは通常の色のセリが出る確率がもっとも高く、金のスズシロが出る確率がもっとも低いというわけなのだが、金のスズシロと金のホトケノザだと前者のほうが圧倒的《あっとうてき》にレアなので、交換は成立しないのがふつうなのだ。

　そして、去年の大介はその金のスズシロに泣かされた。通常の色の七草はそろえることができたものの、金についてはスズシロが最後まで手に入らず、長年の夢である金の七草のコンプリートをあと一歩のところで逃《のが》していた。

　まだ時間はあるから、落ち着こう……。

　気を取り直し、大介は次のひとつを開封した。が、出てきたのはふつうのセリだった。次に出たのもふつうのセリで、大介は思わず顔をしかめた。

「またセリかよ……」

　その瞬間、聞き慣れた声が飛んできた。

「セリを笑う者はセリに泣く、だよー」

　見ると、七草ガチャのパックを持った華がそばにいて、大介は言った。

「なんだよ、えらそうに……」

「別に、ほんとのこと言っただけじゃん」

　そんな華は七草を人と交換するのがうまく、低予算にもかかわらず毎年わらしべ長者のようにレアなものを少なくない数そろえてくる。それがなんだか悔《くや》しくて、今年こそ金の七草をコンプリートして兄の威厳《いげん》を見せてやろうと意気込《いきご》んでいた。

人だかりを発見したのは、大介が新たなパックを買うために再び売り場を訪《おとず》れたときだった。すきまから奥《おく》をのぞくと見たことのあるYouTuberがショーケースの前で撮影《さつえい》していた。ショーケースには金や銀の七草がずらりと並んで高値で購入《こうにゅう》できるようになっているなか、その人は金の七草がコンプリートされたセットを十個も買って颯爽《さっそう》と売り場をあとにした。

それを見て、大介は「なんだあれ」と気持ちが冷める。欲しい草をピンポイントで買うこと自体を否定する気はまったくなかった。大介自身は方針でやらないことに決めていたが、個人の自由だと思っていた。が、七草ぜんぶを、それもこれ見よがしに十個も買うなんて、自分はああはなりたくないなと思わされる。

ともあれ、大介はまたパックを買いこみ、会場で開封していった。何度か繰《く》り返《かえ》すうちにだんだん金がそろっていって、ついにはコンプリートまで金のスズシロを残すのみとなった。

よしよし、資金も時間も去年よりだいぶ余裕《よゆう》があるぞ……！

ふと、大介は華のことが気になって、状況《じょうきょう》を確認しに行った。高みの見物のような気持ちで話しかけ、ホルダーの中を見せてもらう。

直後、大介は「えっ」と固まった。金のスズシロがそこで輝いていたからだ。

「ちょっ、これ……！」

「いいでしょ。さっき交換してもらったんだー」

大介はすぐに申し出た。

「頼《たの》む！　交換してくれ！　この中のやつと……！」

大介は華にホルダーを見せる。華はざっと目を通し、こう言った。

「じゃあ、金のセリ五つと銀のセリ五つとかでどう？　金のセリは全部もらうことになっちゃうけど」

「えっ？」

大介は耳を疑った。たしかにそれらはレアではある。が、レア度でいえば全部足しても金のスズシロには遠く及《およ》ばないからだ。

どういうことだと困惑《こんわく》しつつも、まあいいや、とすぐに思う。そして、華の気が変わらないうちにと、急いで交換してその場を去った。

大介は手のなかの金のスズシロをしげしげ眺め、恍惚《こうこつ》とする。

とうとうゲットだ……！

金の七草のコンプリートまで、残すは華との交換ですべて使った金のセリを再び入手するだけで、楽勝だ、と考える。金といっても、セリなんてすぐに出るだろう――。

しかし、その見通しは甘《あま》かった。

追加でいくらパックを買っても、金のセリが出ないのだ。

時間が過ぎていくなかで、大介はしだいに焦《あせ》ってきてプレイヤーの間を回りはじめる。交換してくれる人を探すものの、みんな金のセリを持っていないか、持っていても「これは自分の分だから」と交換してもらえなかった。そして、そうなった理由も判明する。つい先ほどまでどうやら金のセリばかりを集める一草マニアのプレイヤーがいて、好条件でセリを集めて帰っていったらしかった。

大介はやむなく、パックを購入しつづけた。が、ついに金のセリは出ないまま終了《しゅうりょう》の時間を迎え、とぼとぼと家に帰ったのだった。

今年もダメだった……。

落胆《らくたん》しながらリビングに入ると華がいて、成果を聞かれた。悔しくも事実を伝えると、華はしたり顔になった。

「だから言ったじゃん。セリを笑う者はセリに泣くよって」

ぐうの音も出ないでいると、華は自分のホルダーを差しだした。そこには、大介が受け取ったはずの金のスズシロが輝いていて目を見開いた。

「なんであんの……!?」

「セリを集めてる人がいてさ。お兄ちゃんからもらった金のセリと銀のセリ、私が食べる分だけ残してぜんぶ出したら交換してもらえたんだー」

大介はいっそう打ちのめされながら、手元の七草を調理するためキッチンに向かった。

やがて出来上がった通常の色の七草粥はおいしくて、正月のおせち料理で疲れた胃も癒《いや》された。
が、そのすぐあと、金に輝く七草粥を満足げに頰張《ほおば》る華の姿を前にして、大介の胃はたちどころにピリリと痛んだ。

◉小寒　Shokan　1月5日－1月19日頃

「寒の入り」を迎え、次の節気「大寒」と合わせて、寒さが最も厳しくなる頃。

＊作品に登場する主な季節のもの＝寒の入り／春の七草

大寒

寒の甘酒

朝からゴミ出し当番の役割を果たしながら、私は大きくため息をついた。

こんなことやってる場合じゃないのになぁ……。

頭の中を占《し》めているのは受験だった。少し前に受けた共通テストの出来が微妙《びみょう》で、二次試験で想定以上にがんばらないと第一志望の大学には受かりそうもなかった。最近は学校も休みで朝から晩まで家で勉強漬《づ》けの毎日を送っていたけど、不安とプレッシャーで日に日にしんどさは増していた。自分だけが世界から取り残されているような感覚にもなってきて、孤独感《こどくかん》にもさいなまれる。

ゴミ出しから帰ってくると、庭に植えられた梅の木が目にとまった。お母さんは我が家のご神木だとか言って、事あるごとにお祈《いの》りをしている。でも、花も葉もない今の姿は寒々しいものに映って、私はやるせない思いにとらわれる。

　お母さんに声をかけられたのは、部屋に戻《もど》ろうとしたときだった。

「玲《れい》、ゴミ出しありがとね。あのさ、今日は一緒《いっしょ》に息抜《いきぬ》きしない？」

　いやいや、と私はすぐに返事をする。

「そんな時間なんてないから……」

「まあまあ、そうカリカリせずに。甘酒《あまざけ》をつくろうと思ってるの」

　その言葉に、私は思わず足を止めた。甘酒はもともと好きなことに加え、そういえば、と思いだしたことがあったからだ。しばらく飲んでいないけど、昔はよくお母さんが甘酒をつくってくれていた。いつもひんやりしていておいしかったなぁと、うっすら記憶《きおく》がよみがえる。

　こちらの心境を察したように、お母さんは口にした。

「決まりだね。じゃあ、一緒につくろうか」

「えっ？　つくってくれるってことじゃないの？」

「やることはそんなに多くないし、せっかくの機会だから。ね？」

　迷った末に、私は渋々《しぶしぶ》うなずいた。

　が、そうして調理に取《と》り掛《か》かり、首をかしげることになった。お母さんがクーラーボックスから出したタッパーに、場違《ばちが》いとしか思えないものが入っていたからだ。

「これって、雪……？」

尋《たず》ねると、お母さんは微笑《ほほえ》んだ。

「そう、うちの甘酒は雪で麹《こうじ》をつくるから。今日のために、質のいい雪を取り寄せておいてね」

私はふーんと言いつつも、納得できてはいなかった。甘酒には詳《くわ》しくない。でも、雪を使ってつくるだなんて本当だろうかと疑った。

お母さんは私のことは気にせずに、雪をすくって布を敷《し》いたおひつの上に広げていった。次に取りだしたのは麹をつくるための種麹《たねこうじ》というもので、お母さんは茶こしを使ってそれを雪に少し振《ふ》りかけお手本を見せ、一式をこちらに差しだした。

「今みたいな感じで、まんべんなく振りかけてみて」

私は教わった通りにやるうちに、なんだか楽しくなってきた。最近は自分のことばっかりで、お母さんと料理をするのもいつぶりだろうと思いを馳《は》せる。

ときどきシャモジで雪を優《やさ》しく混ぜたりしながら、私は作業をつづけていった。やがてお母さんからオーケーが出ると、雪を布で包みこんでクーラーボックスの中に入れた。

「このまましばらく置いておく感じだね。いったん解散で、お昼ごはんを食べたあとに再開しよっか」

はーいと答え、私はひとり部屋に戻った。

　そうしてすぐに調べてみたのが、甘酒のつくり方だった。それによると、甘酒に使う麹は米麹というもので、ふつうは蒸したお米に種麹を混ぜてつくるらしかった。雪を使う方法なんてどこにも書いていなければ、麹菌《こうじきん》を増やすためには冷やすどころか温かくする必要があるようで、どういうことだと困惑《こんわく》する。

　疑問をぶつけたのは、お昼ごはんのときだった。

「あのさ、さっきつくり方を見てたんだけど、こんなので甘酒なんてつくれるの？　っていうか、麹からつくってたら今日中に終わらないんじゃ……」

「大丈夫《だいじょうぶ》、夕方にはできあがるから。うちのは、ふつうの甘酒とはちょっと違ってね」

　そう言って、お母さんは楽しそうに言葉を重ねる。

「うちの甘酒の肝《きも》は二つで、ひとつが寒《かん》の水を使うってところでね。『寒』っていうのは今の時期のことで、この時期の水は味がよくて保存もきいて昔からお酒とか醤油《しょうゆ》とかの仕込《しこ》み水に使われてきたんだけど、神秘的な力があるともされていて。その力を借りてつくるわけなの。それから、もうひとつが雪麹《ゆきこうじ》を使うってところで」

「雪麹……？」

「いま仕込んでる麹のこと。お米でつくる米麹みたいに、雪でつくるから雪麹って呼んでてね。使う麹菌は冷たい環境《かんきょう》で活性化する専用のものなんだけど、うちの家系はその種麹をつくってる人たちと古くからご縁《えん》があって、特別に譲《ゆず》ってもらってて。そうしてできあがるのが〝寒の甘酒〟で、お母さんも子供の頃《ころ》から飲んできたの」

初めて聞く話ばかりで頭がパンクしかけるなかで、お母さんは笑って言った。

「さ、そんなわけで、そろそろつづきをやっていこうか」

私はなんとかうなずいて、お昼ごはんの片づけをする。そのあとで、先ほど仕込んだものをクーラーボックスから取りだした。

甘い香りが漂《ただよ》ってきたのは、布を開いた直後だった。雪は全体に純白のベールをまとったようになっていて、触《さわ》ってみると固まって板状になっていた。

これが雪麴……。

次に私は指示を受け、冷蔵庫から寒の水が入ったペットボトルと冷やごはんを取りだした。それぞれ量をはかってボウルに入れて、雪麴も加えて混ぜていく。均等に混ざったところで布巾《ふきん》をかけて、またクーラーボックスの中に入れた。

「あとは発酵《はっこう》させて完成だね」

またしばらく時間を置いて、夕方になると私はキッチンへと足を運んだ。

できてるかな……。

ドキドキしながらお母さんとボウルを取りだし布巾を取ると、白くてどろっとしたものが現れた。

興奮しながら、私はそれをおたまですくってコップに移す。寒の水で軽く割ってから、コップをゆっくり傾《かたむ》ける。

次の瞬間《しゅんかん》、ひんやりしたものが流れこみ、華《はな》やかな香りが鼻を抜けた。お米のつぶつぶとした食感とともに、口いっぱいに優しい甘みが広がっていく。

「おいしい……」

自分がつくったものに愛《いと》おしさも覚えるなかで、私は自然とまぶたを閉じる。二口、三口とじっくり大事に飲んでいく。

そのとき不意に、頭の中に浮《う》かんできた光景があった。

満天の星だ。

それはいつか家族で天体観測をしに行ったときのもので、冬の澄《す》み切《き》った夜空に見たことのない数の星がまたたいていて、呆然《ぼうぜん》としたのを思いだす。

と同時に、よみがえってきたことがあった。あの日、私は手袋《てぶくろ》を家に忘れてしまい、手がかじかんで途中《とちゅう》から星どころではなくなってきた。異変に気づいてくれたのはお母さんで、「手、マフラーに入れる?」と首元へと誘《さそ》ってくれた。

私はお言葉に甘えることにして、温《ぬく》もりを感じながらみんなでワイワイ、オリオン座を探しはじめた――。

また別の場面も浮かんできた。家族でワカサギ釣《つ》りに行ったときの光景だ。そこは一面が凍《こお》った湖で、お父さんがドリルで氷に丸い穴を開けてくれた。テントも張って、さあはじめようという段階になる。

けれど、私はエサの虫が触れずに泣きべそをかいた。見かねたお父さんが代わりに針につけてくれ、やっと釣りをはじめられる。が、今度は釣れたワカサギに腰《こし》が引けて針から外せず、お父さんが苦笑いしながら取ってくれた――。

そこからも、忘れていた家族の思い出が次々に浮かんできて、甘酒を飲み終える頃には心がじんわり温まっていた。

一人じゃない。

そのことを実感するとともに、いつだってそばで見守ってきてくれた両親への感謝も芽生える。

今日だって、お母さんは私のことを心配して声をかけてくれたんだろうな……。

そう思うと、こみあげてくるものがある。

やがて、お母さんは笑って言った。

「ふふ、ちょっとは息抜きになった？」

そして、つづけた。

「甘酒は〝飲む点滴《てんてき》〟っていわれるくらい栄養たっぷりだけどね、寒の甘酒は心にも効いて、いろんな景色を見せてくれるの。こんなにひんやりしてるのに、心は温まるんだからおもしろいよね。寒の奥《おく》にある春の兆《きざ》しがそうさせるんだって、お母さんは玲のおばあちやんから教わったな」

　私はへぇぇと感心しつつ、素直《すなお》な気持ちを口にした。

「お母さん、ありがとっ！」

　受験の結果がどうなるかは分からない。でも、今はやるだけやるぞとやる気がみなぎっていた。

　そのとき、お母さんがこう言った。

「そうだ、我が家のご神木にもお供《そな》えしとかないとね」

　お母さんは甘酒を盃《さかずき》に注ぐと、私を誘って外に出た。二人して立ったのは梅の木の前で、お母さんは甘酒をお供えしてからパンパンッと拍手《かしわで》を打った。

「玲が全力を尽《つ》くせますように」

　少し照れくさくなりながら、私も合格を祈願《きがん》する。

　ある変化に気がついたのは、目を開けた瞬間だった。お母さんも気づいたようで、お互《たが》いに顔を見合わせる。

「これも寒の甘酒のおかげかな？」

　そう言うと、お母さんは「かもね」と微笑む。

　もういちど視線を向けた梅の木の枝先では、いつしかぷっくり紅色のつぼみが膨《ふく》らんでいた。

◉大寒 Daikan 1月20日-2月3日頃

寒さがより厳しくなる二十四節気の最後の節気。
春の気配も少しずつ感じはじめる。

＊作品に登場する主な季節のもの＝梅／甘酒／寒の水／オリオン座／ワカサギ

参考文献・URL

●『美しい日本の旧暦　二十四節気・七十二候』
（MAGAZINE HOUSE MOOK）

●『日本の七十二候を楽しむ―旧暦のある暮らし（増補新装版）』
（KADOKAWA）

● ウェザーニュース「季節の暦「二十四節気」まとめ」
https://weathernews.jp/s/topics/202303/030185/

● BS朝日「映像歳時記」バックナンバーリスト
https://archives.bs-asahi.co.jp/saijiki/list.html

著者紹介

田丸雅智（たまる・まさとも）

1987年、愛媛県生まれ。東京大学工学部卒、同大学院工学系研究科修了。2011年、『物語のルミナリエ』に「桜」が掲載され作家デビュー。坊っちゃん文学賞などにおいて審査員長を務め、また、全国各地でショートショートの書き方講座を開催するなど、現代ショートショートの旗手として幅広く活動している。書き方講座の内容は、2020年度から小学４年生の国語教科書（教育出版）に採用。2021年度からは中学1年生の国語教科書（教育出版）に小説作品が掲載。2017年には400字作品の投稿サイト「ショートショートガーデン」を立ち上げ、さらなる普及に努めている。著書に『海色の壜』（双葉文庫）、「おとぎカンパニー」シリーズ（光文社）、『ショートショートでひらめく文章教室』（小社）、『世界のふしぎは、きっと誰かの仕事でできている。略称：フシゴト』（Gakken）など多数。メディア出演に「情熱大陸」「SWITCHインタビュー達人達」など多数。
◆公式サイト「海のかけら」 https://masatomotamaru.com/

14歳の世渡り術

24のひらめき！と僕《ぼく》らの季節《きせつ》

2024年11月20日　初版印刷
2024年11月30日　初版発行

著　者　田丸雅智

イラスト　桃色ポワソン
ブックデザイン　高木善彦（SLOW-LIGHT）

発行者　小野寺優
発行所　株式会社河出書房新社
〒162-8544　東京都新宿区東五軒町2-13
電話　(03) 3404-1201（営業）／(03) 3404-8611（編集）
https://www.kawade.co.jp/

印刷　TOPPANクロレ株式会社
製本　加藤製本株式会社

Printed in Japan
ISBN978-4-309-61768-8

世界一やさしい依存症入門
やめられないのは誰かのせい？
松本俊彦

「スマホもゲームもやめられない」「市販薬を飲む量が増えてきた」「本当はリスカをやめたい」……誰もがなりうる「依存症」について、最前線で治療にあたる精神科医がやさしくひも解く。

あなたの不安を解消する方法がここに書いてあります。
吉田尚記

「日本一絡みづらい」とまで言われながらも、年間150本以上のイベントを仕切る"日本一忙しいラジオアナ"に。そんな著者がコミュニケーションの「不安」を感じるすべての皆さんに贈る。

学校では教えてくれない生活保護
雨宮処凛

どういう時に利用できるの？ 他の国の制度は？ 子どもは高校・大学に行けるの？ 今知っておきたい生活保護のリアルな実態と「死なないノウハウ」が詰まった入門書。

見た目が気になる
「からだ」の悩みを解きほぐす26のヒント
河出書房新社 編

どうして人は見た目が気になるんだろう、どう付き合っていくのがいいんだろう。社会の価値観にとらわれずに「自分らしさ」を見出すために26人が考える「見た目」との向き合い方。

目的別ブックガイド

旅が好きだ！
21人が見つけた新たな世界への扉
河出書房新社 編

どんなにネットが発達しても自ら訪ねないと見られない・得られないものがある。国内から海外まで、無類の旅好きたちが贈る旅のススメ。人生には、やっぱり旅が必要だ！ ブックガイド付き。

恋って何ですか？
27人がすすめる恋と愛の本
河出書房新社 編

小説家、俳優、アーティスト、学者たちが大切にしている「恋の本」を紹介するブックガイド。恋について考えたいとき、恋で悩んだとき……あなたの恋の力になる一冊がきっと見つかります。

友だち関係で悩んだときに役立つ本を紹介します。
河出書房新社 編

「友人がいない」「価値観が合わない」「疎遠になってしまった」etc. 友だち付き合いに悩んだら読んでほしい一冊を、金原ひとみ、宇垣美里、松村圭一郎ほか多様な書き手が紹介する読書案内。

モヤモヤしている女の子のための読書案内
堀越英美

自分自身、友達、親、学校のことなど、様々な人間関係の中でモヤモヤを抱えている10代以上の女の子に向けて、まわりの言うことにはとらわれず、日々をもっと気楽にすごせるようにエールを送る。

その他、続々刊行中！

中学生以上、大人まで。 河出書房新社